しんとく丸の栄光と悲惨

上方文化の源流を訪ねて

業縁と輪廻の世界

福井栄一

批評社

美少年しんとく丸は、継母の呪いで視力と美貌を失い、家を追われ、流竄の身となったが、恋人の愛と観世音菩薩の功力によって再生する。

この短くも激しい物語の種子は、日本の文芸の沃野で驚くべき成長を遂げ、天を衝く巨樹となって聳えている。

本書はその成長と観察の記録である。

しんとく丸の栄光と悲惨――上方文化の源流を訪ねて　業縁と輪廻の世界【目次】

3 家族という闇……068

1　説経節《せっきょうぶし》をめぐって
――悲劇の美少年しんとく丸、闇から帰還す

(1) 説教と説経

説経とは、「アンタに説教される筋合いはない」「あの課長の説教は長くてかなわん」という、あの「説教」のことではありません。

経文の講説、すなわち、僧侶が仏典やお経の意味するところを信者に平易な言葉で説いて聞かせることをいいます。

『大鏡』(後一条天皇)の

げに説法説経多くうけたまはれど、かく珍らしき事のたまふ人は、
更におはせぬなり

あるいは、『栄華物語』（月の宴）の

説経を、常に花山の厳久阿闍梨《あざり》を召しつつ、せさせ給ふ

などが典型例です。

ところが、縁なき衆生は度し難しと申しましょうか。

有り難い説経の間、聴衆が話そっちのけで、正坐した足のしびればかりを気にしている法要に、いまでもよく出くわします。これを現代人特有の仏縁の薄さと非難することなかれ。

説経の会場の雰囲気は、平安時代も現在とそれほど変わらなかったとみえ、『枕草子』第二十九段は、

久しく逢はざりける人などの参であひたる、珍しがりて、
近く居より、物語し諾《うなず》き、をかしきことなど語り出でて

……（中略）……こなたかなた打ち見やりなどして、
車の善悪《よしあし》褒めそしり、某所《なにがし》にて、
その人のせし八講《はかう》、経供養《きょうくよう》など言ひ較べ居たる程に、
この説経のことも聞き入れず。
何かは、常に聞くことなれば、耳なれて、
珍らしう覚えぬにこそはあらめ……

（ながらく顔を合わせていなかった人が久しぶりに会ったのを珍しがって、互いにすり寄り世間話などに興じて……（中略）……あちこち見渡して、牛車のよしあしを言い立て、だれかれがおこなった法華八講や経供養などを言い較べていましたので、肝心の説経の方はちっとも耳に入っておりません。しょっちゅう聞いているので、もはや珍しくもないのでしょう……）

と伝えます。

人々が四方山《よもやま》話に花を咲かせ、いまでいえばホテルのロビーか喫茶店のような喧噪だったのでしょうね。

あまつさえ清少納言は、同じ章段の冒頭で、

説経師は顔よき。つと守らへたるこそ、その説くことの尊さも覚ゆれ。

ほか目しつれば、ふと忘るるに、憎げなるは罪や得らむと覚ゆ。

（説経師は美男子がよい。その美しさにじっと見とれて聴いているからこそ、説経の尊さもよく分かる気がします。美男子でないと、聴いている方はよそ見をしてしまいますから、それでかえって仏罰をこうむるのではないかと思われます。）


とまで書いています。

彼女は一体、何をしに会場へ出向いていることやら。美丈夫の発掘？　ボーイハント？　思いきったことを書いて、さすがの才女も気が引けたのか、あわててこうつけ加えています。

このことはとどむべし。
すこし年などのよろしきほどはかやうの罪得がたのことは書き出でけめ、
いまは罪、いとおそろし。
（いやいや、僧の顔の美醜を云々するのはやめておきましょう。私がもっと若いころだったら、そうした罰《ばち》あたりなことでも書き出したでしょうが、いまの歳になると、仏罰をこうむることが非常に怖いのです。）

そうは言いながら、その舌の根の乾かぬうちに、すぐあとの第三十一段で、説経の名人で文殊菩薩の化身とあがめられた清範《せいはん》について、

朝座《あさざ》の講師清範、
高座の上も光り満ちたる心持ちして、
いみじくぞあるや。
（朝座の講師である清範は、（美しい人なので）高座の上までも光り満ちているような気がして素晴らしい。）

と評しています。やはり美形をご執心のご様子。
当時二十五歳の美僧・清範をうっとりながめる清少納言の姿が目に浮かぶようです。

⑵ 堂内の布教から漂泊の芸能へ

高位のお歴々が群集して説経の会場が一種の社交場、サロンと化し、権門の婦女子たちが互いの装束のきらびやかさを競いながら、美貌の説経師の「追っかけ」に興じていた時代は、説経師は高座の上から威風堂々、仏の威徳を説いておけばよかったのです。説経師は貴族連中から尊敬

と羨望の眼差しで仰ぎみられる存在でした。

ところが、平安の世も終わりに近づき、律令体制の崩壊と貴族階級の没落がまがうことなき時代の趨勢となりますと、最大の庇護者を失った寺院は、外の世界に目を向けざるを得なくなります。すなわち、いままで布教活動のカヤの外に置いていた一般民衆を教化し、信者として取りこむ必要にせまられてきたのです。

従来のような、一段高いところから訳知り顔で、高邁だが難解な仏典の教理を説くやり方は、民衆相手には通用しません。

この時点から、説経は、最終的に仏の功徳を説くという大枠は守りつつも、民衆の心をとらえて離さない土俗民俗的な説話や伝承をも貪欲に摂取して、布教の方便としての講説から、文学的な興趣を備えた物語へと変質せざるを得なかったのでした。これがいわゆる唱導文学の誕生です。

内容の変容は体現者の交替をも促します。中世ともなると、説経の主たる担い手は、大寺院の高僧・名僧から、下層の宗教者たち（盲僧、歩き巫女、熊野比丘尼《びくに》、聖《ひじり》など）へと移っていきました。

唱導文学としての説経は、大伽藍のうちで朗々と語られる言説ではなくなりました。町辻や門口や祭礼などの場で、名もなき漂泊の人々によって語られる、一種の芸能となったのです。

高座の上から聴衆を睥睨《へいげい》していた説経師の昔のスタイルはとうに失われ、いまや説経師は聴衆と同じ目線に立ち、いやそれどころか、しばしば民衆に、乞食坊主の、旅回りの、とさげすまれながら、切々綿々と説経を物語ったのでした。彼らは宗教者というよりは、むしろ芸能者と呼んだ方がふさわしい存在でした。

説経や説経師に対する一般的なイメージを知るのに、『徒然草』第一八八段は便利です。

或る者、子を法師になして、
「学問して因果の理《ことわり》も知り、
説経などして世わたるたづきともせよ」といひければ…（後略）
（ある人が自分の子どもを坊主にして、「学問を修めて因果の理法をも知り、説経などして世渡りの方途にせよ」といったので…（後略））

ここには、平安時代にみられたような説経や説経師に対する敬意はまったくみられません。説経師になることは、渡世の一方便としか考えられておらず、「自分で喰っていくために、なんならオマエ、説経でもやったらどうだ」「なにせ、芸は身を助く、というからな」といった処世論の文脈であっさり片づけられてしまっています。いまや門付けの芸、大道芸となった説経。

こうなると、なによりもまず、往来の人々の耳目を集め、先を急ぐ人の足をとめさせねばなりません。聴いてくれるお客あっての説経です。

とすれば、語りだけではなんとしても地味であって、歌舞音曲の助力が不可欠になります。そうした情況で重宝がられたのが、ささらです。

ささらとは、短い竹の棒の先を細かく裂き、割っていない竹とすりあわせて拍子をとるもので、導入されるやいなやお客には大好評。説経師のトレードマークとして定着しました。説経師はささらを摺り、たくみに節をつけ、リズムをとりながら語りました。

彼らはささらのほかにも、太鼓、鞨鼓、鉦など、さまざまな楽器や道具を奏で、操り、時には舞踊も交えながら、さながら「芸づくし」の要領で観客を魅了したようです。

こうした芸達者の説経師の姿は、古曲を観阿弥が改作したと伝えられる能『自然居士《じねんこじ》』（平俗の少年僧）に活写されています。

自然居士とよばれる説経

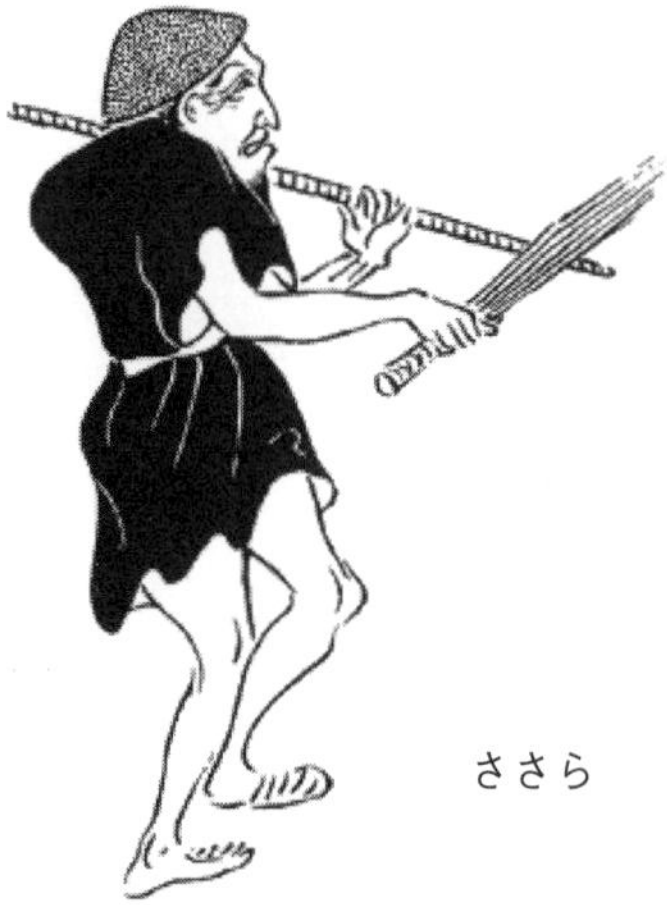

ささら

鉦（画像提供：宮本卯之助商店）

師が、京都雲居寺の伽藍造営のために七日間の説法（説経）をしていますと、ひとりの少女が小袖を奉納します。

彼女は亡くなった両親の供養のため、おのが身を売って金をつくり、その金で小袖を購《あがな》ったのでした。

買い手の東国の人商人《ひとあきびと》がくだんの少女を連れ去るのを見て、自然居士は意を決してあとを追い、少女を返してくれるように商人に頼みます。ところが向こうも商売。そう簡単には同意しないので、自然居士は曲舞《くせまい》、ささらや鞨鼓の演奏など懸命の芸づくしでなんとか彼らを意に沿わせ、みごと少女の奪還に成功しました。

少女の危急を救うために、説経師が力の限りを尽くして披露する芸の数々。観客はそれをはからずも商人とともに鑑賞する恰好になるわけです。観阿弥の作劇の巧みさに感心させられます。

そういえば、歌舞伎舞踊の人気曲『鏡獅子《かがみじし》』*もよく似た趣向ですね。

（*歌舞伎所作事。長唄。新歌舞伎十八番の一つ。福地桜痴作詞。三世杵屋正次郎作曲。九世市川団十郎、藤間勘右衛門振付。前半は女小姓彌生のあでやかな踊り、後半は石橋《しゃっきょう》仕立ての勇壮な獅子の舞。）

大奥で将軍様がお小姓の弥生《やよい》の舞を所望。はじめは嫌がる弥生ですが、将軍様じきじきの思し召しとあっては致し方ありません。弥生がやむなく端座し、恥ずかしげに一礼してから舞いはじめるのを、客席の観客は、まるで自分が将軍様になったような気分で見物する仕立てになっています。

ちなみに、観阿弥自身、『自然居士』を得意にしていたようで、『世子六十以後申楽儀』（世阿弥の芸談を二男・元能《もとよし》が筆録したもの）の中で、観阿弥の息子である世阿弥は、

大男にていられしが、女能などにはほそぼそと、
じねんこじなどには、くろかみき、かうざになをられし、
十二三斗《ばかり》に見ゆ。

と賞賛しています。

ところで、ささらだ、鞨鼓だと道具立てが出来ましても、肝心の内容が聴衆の心をつかまないことには、喜捨にはありつけず、そうなると説経師は飢え死です。

俗に「知情意」といいますが、聴衆の知ではなく、情に訴えかけること、すなわち、感心ではなく感動させることが必須なのでした。聴衆が感涙にむせぶような説経が求められたのです。

十七世紀初頭の『醒睡笑《せいすいしょう》』*（安楽庵策伝著）巻四第四話にはこうあります。

（*庶民の間に広く流行した話を集めた笑話集。著者は茶人や文人としても知られる京（京都）の僧侶、安楽庵策伝。写本八巻八冊、一、〇三九話の話を収録している。「眠りを覚まして笑う」の意味で『醒

睡笑』と命名された。）

途中にひとりの姥《うば》やすらひ、物あはれそうに泣き居たり。
行きあうたる者、
「何事のかなしみありて、そちは涙にむせぶぞや」と問ひければ、
「さればとよ、あれへ行く男を見れば、かちんのかみしもを腰につけ、
傘《からかさ》をうちかたげ、ふところにささらのやうなる物の見えたるは、
うたがひもなき説経ときなり。
あの人の胸の内に、いかほどあはれに殊勝なることのあらうずよと、
おもひやられて袂《たもと》を絞る」と。
（道ばたでひとりの老婆が哀れそうに泣いていました。通りすがりの人が「なにが悲しくて泣いているのですか」と問いますと、老婆の答えるには、「あそこへ行く男を見ますと、褐色のかみしもを腰につけ、傘をかたげ、懐中にはささらをしのばせています。とすると、あれはまちがいなく説経師でしょう。あの男の胸の内に、どれほど哀れで殊勝なことがあるものだろうかと思いやって泣いているのです」。）

説経師の商売道具であるささらと傘を目にしただけで、まだ説経を聴かぬうちから、老婆はも

う涙している、と策伝はあくまで滑稽噺として紹介しています。

しかし、この逸話からは、ささらが説経師の代名詞代わりだったこと、当時の人々が、説経＝哀れで悲しい物語と認識していたこともうかがえて興味深いです。

そしてなにより、説経師に対する老婆のあたたかい眼差しを忘れてはならないでしょう。説経の哀調に涙腺を刺激される者は多くても、社会の底辺にあってささらを摺って渡世し、蔑視されることの多かった説経師自身に同情し涙してくれる人のいかに少なかったことか。

さて、哀切を極めた説経については、江戸中期の儒学者太宰春台も『独語』で言及しています。

説経と云ふ者は、もと法師の中に、本説経師と云ふ者有りて、
仏法の尊きことどもを詞に綴り、浮世の無常の哀に悲しき昔物語を演じ、
善悪因果のむくいあることどもを物語に作りて、
是に節を付けて、哀れなるやうに語りしなり。
鉦鼓をならして拍子とり、世の婦女に聞かせて、
悪を戒しめ善を勧めて、菩提心を起さしめんとするなり。
……（中略）……其の声も只悲しき声のみなれば、
婦女これをききては、そぞろに涙を流して泣くばかりにて、

浄瑠璃の如く淫声にはあらず
……（中略）……いはば哀《かなし》みて傷《いたは》ると云ふ声なり。

ちなみに、この『独語』は過激な文化批評の書で、人々が血道をあげている能・文芸をメッタ斬りにしています。

たとえば、和歌に関しては、

定家も亦其の家訓を受けられし故にや、
よみ出だささるる歌、皆、理屈にてくだくだしきこと多かり
凡、我が国の歌は、定家卿より衰へたりと思ふ

と定家に集中放火を浴びせ、茶道については、

近き世に、人のもてあそぶ茶の道こそ、いと心得ぬことなれ。

今の茶人は、幾年を経たりともしれぬ、旧き茶碗を汚穢不浄にして、

しかもかけ損じたるを、うるしなどにて繕ひて用ふ。
けがらはしさ云ふばかりなし。

と衛生面から論難、俳人については、

俳諧師と云ふもの、極めて賤しきものにて、
諸侯貴人の翫《もてあそ》びものになる故に、
やんごとなき人々に狎《な》れ近づきて、さまざまのよからぬことを、
すすめまいらす類世《たぐいよ》に多し。
士君子《しくんし》の友とすべき者に非らず。
心あらん人はきびしく禁ずべきことなり。
近きころは諸侯貴人も、多くこれを好むことになれり。
よからぬ風俗なり。いまだ俳諧を好む人によき人をきかず。

と人格攻撃にまで及んでいます。
なかでも目のかたきにされているのが浄瑠璃で、

今の世に淫楽多き中に、糸竹《しちく》の属には三線、うたひ物のたぐひには浄瑠璃に過ぐる淫声《みだらごえ》なし。賤者のみにあらず。士大夫《したいふ》諸侯迄も是を好みて、一節を学ぶ人あり。是に至りて、昔物語を捨てて、ただ今の世の賤者の淫奔《いんぽん》せし事を語る。其の詞《ことば》の鄙俚《ひり》猥褻《わいせつ》なること云ふばかりなし。士大夫の聞くべきことにはあらざるは云ふに及ばず。親子兄弟なみ居たる所にては、面をそむけて耳をおほふべき事なり。

と罵《ののし》られています。

この淫声たる浄瑠璃に較べたら、説経はまだマシだというのが太宰春台の評価なのです。

さて、太宰春台の放言は措くとして、『歌舞伎図巻』（徳川美術館蔵）も「語るも涙、聴くも涙」という説経の性格を理解するのに有益です。

中央には、拡げた大きな傘を肩にもたせかけて（『醒睡笑』でご紹介した老婆が目にした傘というのはこれだったのですね）、ささらを摺り、懸命に物語る説経師がいます。

周囲を男女数人が車座になって取り囲みます。

ある者は目を閉じてじっと聴き入り、また別の者は感極まって泣きじゃくっています。これこそ、説経師の「哀《かな》しみて傷《やぶ》る」声のなせるわざなのでしょう。

このように、中世から近世にかけ、無数の説経師たちが各所でさまざまな物語を語り、多くの人々が涙にむせんだわけです。

そうした膨大な営みの中から、近世初頭に民衆たちによって熱狂的に支持され、説経節として浮上してきたレパートリーがありました。

五説経といわれる『苅萱《かるかや》』、『山椒太夫』『小栗判官』『梵天国《ぼんてん》』『しんとく丸』です（ただし、時代により曲目には若干の異同があります）。

そして、本章が注目するしんとく丸とは、この説経節『しんとく丸』の主人公、その人なのです。

2　説経節『しんとく丸』の世界

(1) しんとく丸とは誰か

では、さっそく、『しんとく丸』の世界に分け入ってみましょう。

むかし、河内国の高安《たかやす》の郡《こほり》に信吉《のぶよし》長者という大金持ちが住んでいました。何不自由ない生活を送る信吉夫妻でしたが、たったひとつだけ心痛がありました。子が出来なかったのです。もはや神仏におすがりするほかあるまいと、二人ははるばる京都清水寺へ詣で、観世音菩薩に願をかけます。すると、その夜、観世音菩薩のお告げがありました。

「残念ながら、おまえたちの願いをかなえるわけにはいかないので、明朝、河内へ帰りなさい。

子がないのは不憫ですが、前世の報いなので仕方がないのです。

おまえたちの宿業を語って聞かせてあげましょう。

まず、信吉。おまえは前世では、のせの郡の樵《きこり》でした。野焼きをした際、十二の卵がかえるのを待ちわびる雉《きぎす》のつがいを焼き殺したのです。

巣に猛火が迫り、父鳥は母鳥を連れて逃げようとしたのですが、母鳥は卵可愛さにいっしょに居残り、焼け死んでしまいました。

遺された父鳥は嘆き悲しみ、

『この野に火をかけた者よ、来世では、子に恵まれず苦しみ続けるがよい』と呪いをかけたのです。

おまえに子が出来ないのは、この父鳥の呪いのせいです。

つぎに信吉の妻よ。おまえは前世では、近江瀬田の大蛇でした。

燕の夫婦が巣に十二の卵を残して餌を探しにでかけた間に、卵をひとつ余さずのみこんでしまったのですね。もどってきた夫婦は悲嘆にくれ、おまえを呪いながら自害しました。

ところがおまえは、その夫婦をも喰らったのですよ。子がないのは、かれらの呪いのゆえなのです」

この観世音菩薩のお告げをきいておおいに落胆した信吉夫妻でしたが、どうしてもあきらめきれず、さらに参籠をつづけますと、観世音菩薩が再びあらわれて、

「おまえたちの熱心さに免じて、子種をひとつ授けてやりましょう。ただし、生まれてきた子が七歳になったら、おまえたちのどちらかに命にかかわる変事が起きますが、それでも構わぬか」

とご下問あったので、信吉夫婦は、

「それでも結構ですので、どうか子種を」

と観世音菩薩に取りすがりました。

その甲斐あって、やがて二人は珠のように美しい男児を授かります。名をしんとく丸といいます。すくすくと成長したしんとく丸は、よい学問を修めさせようという両親の配慮から、九歳で信貴山にあずけられました。

さて、数年後。摂津・河内・和泉の長者たちが合同で、天王寺の石舞台において稚児舞の奉納行事をおこなうことになりました。舞い手として白羽の矢がたったのが、しんとく丸でした。信貴山から呼び寄せられたしんとく丸は、貴賤群集するなか、立派に舞台を務めました。

彼はこの時、客席にいた和泉の陰山《かげやま》長者の娘・乙姫《おとひめ》を見そめます。乙姫も美貌のしんとく丸に惹かれ、二人は恋仲になりました。

そんなある日のこと。信吉の妻が、なにを思ったのか、周囲の人にこう洩らしたのです。

「清水の観音さまから子種を授かったとき、生まれてくる子が七歳になったら、父か母のいずれかに命にかかわる難儀がふりかかるであろうと言い渡されたのよ。ところが、しんとく丸が三歳になり、五歳になり、七歳もとうに過ぎていまや十三歳になるというのにわたしたち夫婦の身には別状なく、幸せに暮らしています。清水の観音さまでも嘘をおつきになるご時世、わたしたち人間も、うそを方便としてうまく世渡りしないといけないわね」

これを聞いてみなどっと笑ったのですが、聞き捨てならなかったのが、当の観世音菩薩です。

「おのれ信吉の妻め、なんということを言いやる。不憫と思ったればこそ、あの時、子種を授け、以来、おまえの家を不運から護ってきてやったのに。このまま捨ておいては、神仏の威徳をだれも信じなくなってしまう」

とお怒りになり、信吉の妻の命を奪っておしまいになりました。信吉長者の悲しみもさることながら、息子しんとく丸の哀嘆も尋常ではなく、母の菩提を弔うべく、持仏堂にこもって読経三昧の日々を送りました。

そうこうするうち、まだ男ざかりの信吉は、周囲の人々の勧めもあって後添えをもらいます。六条殿の妹姫で、歳は十八歳でした。

これを聞いてしんとく丸は、父の心変わりを嘆き、亡母への追慕の念をいっそう募らせるのでした。

やがて、信吉の新しい妻は男児を出産します。次郎と名づけられました。次郎の成長をみるにつけ、彼女の胸に継子《ままこ》のしんとく丸への敵意が頭をもたげます。

この家に嫡子《ちゃくし》しんとく丸がいる限り、自分の子・次郎が信吉の家督を継ぐことはできないからです。そこで彼女は京へのぼり、清水の観世音菩薩に、

「しんとく丸の命を奪ってください。それがかなわないならば、彼にふためとみられぬ業病を授けてください」と願をかけます。

そうして、用意してきた六寸釘を十八本、境内の立木に打ち込みました。あまつさえ、八坂神社、上御霊神社、今宮神社、北野天満宮、東寺などに参詣してつぎつぎと釘を打ち込み、因幡薬師では、しんとく丸の両眼潰れよと十二本、呪いの釘は合計で百三十六本にのぼりました。

継母の呪いのあまりの強欲さに神仏も抗しきれなかったのか、しんとく丸は哀れにも両眼が潰れ、美しかった容貌は業病のために醜く崩れました。

喜んだ継母は、さらに追い打ちをかけるべく、畜生となって夫、信吉に詰め寄ります。

「身内に業病の者がいると、その家は神仏の冥加が尽きると人々が噂しております。いまのしんとく丸がまさにそれ。かわいそうかも知れませんが、仕方がありません。しんとく丸を家から追い出してください。もしもそれが出来ないとおっしゃるなら、この私を離別してください。次郎も連れて実家へ帰ります」

是非もなし、と信吉は、家来の仲光に命じて、しんとく丸を天王寺の境内に捨てさせます。しんとく丸は身の不運を嘆きますが、自尊心までは失いませんでした。物乞いはせず、このままいさぎよく餓死してしまおうと覚悟を決めたのです。

ところが、しんとく丸を哀れに思った清水の観世音菩薩は、夢の中で、しんとく丸に諭します。

「おまえの業病は、おまえ自身に由来したものではなく、義母の呪いゆえのことです。だから、おのれを恥じず、喜捨を乞うて命をながらえなさい」

と諭されて、自死の覚悟を思い直し、蓑・笠をつけて天王寺七村を物乞いして廻りました。村の人々は、そうしたしんとく丸の姿を見て、

「見てみろ、あの乞食を。ものを喰うてないからか、足許がよろよろとおぼつかないぞ」

とせせら笑い、「弱法師《よろぼし》」とあだ名をつけました。弱者に対するいわれなき批難と冷笑に耐えながら、けなげに物乞いを続けるしんとく丸に、観世音菩薩は再び教えを諭します。

「そちの業病は熊野の湯にはいれば本復するぞよ。熊野へ急げ」と。

そこで、しんとく丸は、熊野への道をたどり始めます。阿倍野、住吉大社、大鳥、信太……とうち過ぎ、もうどの辺りに来たでしょうか。

施行をうけようと立ち寄ったのが、なんとかつて恋仲だった乙姫の屋敷だったのです。事情を知った乙姫の家の者たちは門口でしんとく丸をさんざんに嘲笑します。

恥じ入ったしんとく丸は今度こそ餓死を決意し、熊野への旅をとりやめて天王寺へ引き返し、引声堂の縁の下へひきこもります。堂の下の暗闇で死を待ったのです。

三日後、乙姫の屋敷の侍女たちのなにげない言葉から、しんとく丸が屋敷の門口まで来ていたと知った乙姫は仰天、父母をかきくどいて許しを貰い、巡礼姿に身をやつして、恋しいしんとく

丸を捜しに出かけます。

あちこち心当たりを捜し回りますが、しんとく丸の姿は見えず、とうとう天王寺までやって来ました。

ふたりが初めて出会った思い出の場所・石舞台に上がり、悲嘆のあまり蓮池に身を投げようともしました。

が、ふと思い直し、引声堂まで行って鰐口《わにくち》を鳴らし、しんとく丸との再会を祈願すると、縁の下からは喜捨を求める弱々しい声が……。

驚いて覗いてみると、姿変わりたるとはいえ、恋人しんとく丸ではありませんか。

喜んだ乙姫は、しんとく丸の肩を抱き、都の清水寺まで連れて行きます。

堂に籠もって熱心に祈誓しますと、その甲斐あって、観世音菩薩からは霊威の鳥箒《とりほうき》が下されました。この箒でしんとく丸の身体を上から下へ三度なでると、あら不思議、しんとく丸の両眼は戻り、業

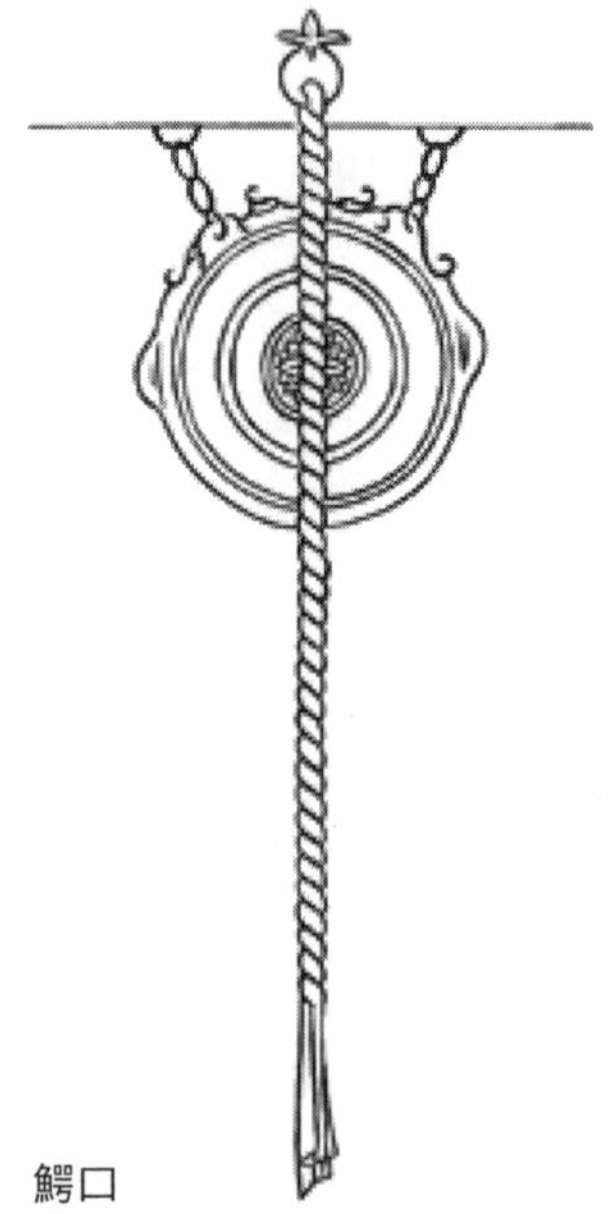
鰐口

病もあとかたもなく消えてしまいました。

ふたりは歓喜のうちに清水寺をあとにし、再びさんざんに嘲笑された乙姫の屋敷に戻って両親に全快を報告したのです。

艱難辛苦を乗り越えて乙姫との再会を果たしたしんとく丸は喜捨をくださった方々へのせめてもの恩返しとして、阿倍野の原で七日間の施行をおこないました。

さて、信吉長者ですが、しんとく丸を見捨てた報いでその後、盲目となり、落魄《らくはく》して河内国を去り、丹波国の浮浪者に身を落としていました。あの妻と次郎も一緒です。

阿倍野の原での大規模な施行の噂を聞きつけて、三人はやって来ます。施主がしんとく丸とはもちろん知りません。

喜捨を乞う信吉の大きな声を聞きつけ、往時の彼を知る者は、おちぶれたものよと嘲笑します。その騒ぎで、父と気づいたしんとく丸は、泣きながら父にすがりつきます。そして、かの観世音菩薩の鳥箒で父の両眼をなでると、父の目も元通り明きました。

そして、家来に命じ、継母と次郎を斬首に処しました。

しんとく丸は父をともなって河内に下向し、亡くなった生母の菩提を弔いつつ、幸せに暮らしたそうです。

(2) 四天王寺という聖地

済世利民の実践

ここで、説経節『しんとく丸』の主たる舞台となった四天王寺についてみてみましょう。

四天王寺は、推古天皇元(五九三)年、聖徳太子の誓願により建立された、日本最初の官寺です。聖徳太子十六歳のおり、太子を擁する崇仏派の蘇我氏と排仏派の物部氏の間で戦が起こりました。最初、戦況は排仏派の物部氏が有利だったのですが、聖徳太子は四天王の木像を刻んで、「戦勝のあかつきには、四天王をお祀りする寺を建立しますので、なにとぞご加護を」と祈願したそうです。

太子の一念が通じたのか戦局は逆転、崇仏派の勝利におわりました。太子は、約束通り、本尊・救世観音菩薩とその守護にあたる四天王を戴く寺として、四天王寺を建立したのです。

ちなみに、四天王とは仏界の四方護持の仏で、多聞天(または毘沙門天)(北)・持国天(東)・増長天(南)・広目天(西)を指します。

江戸期の百科全書というべき『和漢三才図会《わかんさんさいずえ》』巻第七十四には、次のように紹介されています。

多聞天（梵名は毘沙門）……福徳の名が四方に聞こえるのをもって多聞と称する。

持国天（梵語名は提頭頼吒《だいずらいた》）……国土を護持するので持国と称する。

増長天（梵語名は毘留勒《びるろく》）……自他の威徳を増長させるので増長と称する。

広目天（梵語名は毘留婆叉《びるばしゃ》）……一名を雑語という。よく種々の言語をなすからである。口は怒り、目は見開いていて威勢があり、邪悪を潰散《かいさん》させるので広目と名づける。


四天王寺という寺院の性格を考えるうえで忘れてならないのは、創建時から四箇院《しかいん》を擁していたことです。

四箇院とは、

敬田院《きょうでんいん》……四天王寺
悲田院……老人や社会的弱者の救済所
施薬院……医薬の調合・頒布所
療病院……疾病の治療所

をいいます。今日の言葉でいう社会福祉活動がすでにこのころ実践されていたわけです。

したがって、四天王寺は、荘厳な伽藍を備えた日本仏法・鎮護国家の根本地であったばかりでなく、一切衆生を救う済世利民の一大拠点でもあったといえます。

四天王寺の西門と日想観《じっそうかん》信仰

こうした広大無辺性、実践にうらうちされた利他性は、太子信仰とあいまって四天王寺の名声を高らしめたわけですが、平安末期ごろからとりわけ多くの人々を魅了したのが、四天王寺とゆかりの深い「日想観」（俗に「にっそうかん」ともいう）信仰です。

日想観とは、西没する日輪の姿を目と心に刻みつけて阿弥陀如来や浄土に思いを馳せ、後世を願う観法をいいます。

『観無量寿経』には、

まさに専心に念を一処に繋げて、西方を想ふべし。
いかに想ひをなすやと言へば、およそ想ひをなすとは、
一切衆生の生盲《しょうもう》にあらざるよりは

有目の徒、みな日没を見る。まさに想念を起し、
正坐し西に向いて諦《あき》らかに日を観ずべし。
心を堅住し、想ひを専らにして、他に移さざらしめ、
日の没せんと欲して、その状懸鼓《けんく》のごとくなるを見よ。
すでに日を見おわらば、目を閉じても開きても、
みな日没のかたちを明了ならしめよ。
これを日想となし、名づけて初観という。

とあります。

観法のひとつとして紹介されているに過ぎない日想観が、どうして四天王寺と深く結びついたのか。そのカギは西門の石の鳥居にあります。

日本最古の明神形《みょうじんがた》鳥居として、昭和九（一九三四）年に国の重要文化財指定をうけたこの鳥居は、平安中期の創建時は木造でしたが、永仁二（一二九四）年、忍性上人によって石造に改められました。吉野の銅の鳥居、宮島の木の鳥居とならぶ、日本三鳥居のひとつで、箕形銅製の扁額が掲げられています。

箕形をしているのは、あまねく世の人を救う（＝掬う）という仏徳をかたどっているからです。

裏には嘉暦元（一三二六）年の銘があります。

今も昔も参詣者を見守り続けているこの額には、

釈迦如来　転法輪所　当極楽土　東門中心
（ここは釈迦如来が仏法を説かれた霊地であり、極楽の東門にあたる）

とあります。

すなわち、四天王寺の西門はそのまま極楽浄土の東門に通じているというのです。この発想と日想観が習合して、四天王寺の西門は浄土信仰を象徴する場になっていったのでした。

平安末期から鎌倉時代にかけての不穏な世情もこうした思潮をあと押ししました。朝廷の権威が失墜し、律令体制が瓦解してゆくなかで、貴族は心の安寧を求めました。

一方、虐げられた庶民は現世に絶望し、来世での救済

忍性菩薩坐像
（鎌倉市 真言律宗 極楽寺蔵／画像提供：奈良国立博物館）

を心底から希求していました。

ところが、どれだけ請い願っても、いまだ浄土を見た者はいません。

浄土は西方にあると聞くが、いったいどんな所なのだろうか。その浄土とやらに、死後の自分たちはほんとうに行けるのだろうか。

そうした疑念にさいなまれて夕刻の四天王寺の西門に立った者は、眼前の景色に衝撃を受けたことでしょう。

四天王寺は上町台地の上に建っており、当時の地勢からすれば、西門のすぐそばまで難波の海の波がうちよせていました。眼下には広大な海がひろがっています。はるか遠くの水平線に、いままさに大きな夕日が沈もうとしています。

空も海も茜色に染まった荘厳な光景。息をのむ大自然のドラマ。宇宙の摂理と仏の威徳を感得する瞬間です。

あの美しい夕日の向こうに浄土がある、この門と浄土はつながっているのだ。人々はそう確信し、来る日も来る日も西門に群集し、日想観を修じたことでしょう。

浄土を熱烈に希求する者にとって、四天王寺の西門は、浄土の東門へと続く、いわばトンネルの入口と思えたにちがいありません。

日想観により穢土の闇の長いトンネルを通り抜けた向こうには白く輝く浄土が待っています。

輝く日輪は、穢土から覗き見た浄土なのです。

ところで、日想観については、藤原定家の子息・為家の詠歌である

海にいる　難波の浦の夕日こそ
西にさしける　光なりけれ

や『愚管抄』の著者・慈円の

世を救ふ　ちかひの海の入日こそ
難波の水を　照らすなりけれ

などが知られていますが、なんといっても名高いのは藤原家隆の最期でしょう。

八十歳を目前にして死期を悟った家隆は、嘉禎二（一二三六）年に天王寺に移り住み、夕陽庵《せきようあん》を結んで日想観三昧、ついに大往生を遂げたといいます。

現在の大阪市天王寺区夕陽丘町の町名は、彼の庵名にちなんだものです。

契りあれば　なにはの里に　宿りきて
波の入日を　拝みつるかな
家隆

四天王寺西門から臨む夕日の魅力は現在でも失われず、「日本の夕陽百選」（事務局：ＮＰＯ法人日本列島夕陽と朝日の郷づくり協会）に選定されています。

ここで余談をひとつ。

鳥居といえば神社の専売特許のように思っている現代人の感覚からすれば、「四天王寺という寺に鳥居？」と奇異な感じがしませんか。

昔の人も同じ疑問を抱いたようで、江戸時代にまことしやかにささやかれた「天王寺の七不思議」にも、

太子殿の「二股竹」
猫の門の「眠り猫」（左甚五郎作）
北鐘堂の「引導鐘」
「金堂西の井戸」

五重宝塔の「瓦」
「ぽんぽん石」

となならんで、西門の「石の鳥居」が挙げられています。

実をいうと、鳥居は、もともと注連縄《しめなわ》などと同じく結界をあらわす一種の標識なので、寺院に立っていてもおかしくないと考えられているのです。

ところが、これはそもそも鳥居ではなく門なのだ、という主張があります。

たとえば、明治二十年代に成立した著者未詳の『浪華百事談』がそれです。

西門外に連る世人石の鳥居と称するものは、
花表（中国でいう標識。「とりい」）にはあらず。是古へ木にて作りし衛門なりしが、
星霜を歴て朽ちそこねければ、
永仁二年忍性上人、石をもて新たにつくりたてられしなり。
（永仁二年は、明治二十八年より六百年の以前なり）
されば石のかぶき門と称して然るべし。

と断じています。

浪花っ子の屁理屈と笑うなかれ。この見解は正鵠を射ていているようで、石の鳥居は、何を隠そう、別名を発心門《ほっしんもん》というのです。

見た目からついつい「鳥居」と呼んでしまいますが、たしかに機能的には立派な「門」ですものね。

最下層民の終焉地

仏徳にひかれて四天王寺に集まったのは、上皇・貴族、武士や一般庶民だけではありませんでした。非人、乞食、念仏聖、癩者など、社会の埒外におかれ、差別され忌避されて悲惨な生活をおくる者たち、制外の民もまた四天王寺にひきよせられたのです。

むろん、一切の希望を閉ざされ、死ととなりあわせの生き地獄にあえぐしかない彼らのこと。仏の御手にすがりつきたい一心で四天王寺へ赴いた者もいたでしょう。

しかし、物乞いをするのに四天王寺周辺の方が他の地域より喜捨を得やすいという、現実的な理由もあったと思われます。

四天王寺は創建当時から四箇院を擁して社会的弱者に救いの手をさしのべてきた歴史がありますし、なにより太子信仰と浄土信仰のメッカゆえ、参詣人は半端な数ではありません。彼らにとっては、実入りのよい土地柄だったからです。

四天王寺の西門の石の鳥居近辺に群れ暮らす彼らの姿は、『一遍上人絵伝』巻二に克明に描かれています。

非人小屋に居座って参詣人の喜捨にありつく者、車小屋（小さな車輪のついた可動式の小屋）で寝そべる者、ただ呆然と座りこむ者……。

この『一遍上人絵伝』は、一遍上人の日本各地での事蹟を美しい絵と書で綴りながら、同じ画面の片隅に、社会の最下層でうごめく乞食や非人らを描くことを忘れない異色作です。

巻五（鎌倉）、巻六（相模片瀬）、巻七（近江関寺、京都市屋）、巻九（淀上野）、巻十一（志筑天神社）などにも、最下層民の姿が見えます。

特に目をひくのが、白覆面の異形の者たちは、巻六、七、十一などに登場します。おそらく癩者でしょう。病魔により醜く崩れた面相を白布で覆っているのです。

彼らへの世間の反応はどうであったか。

参考までに、三島由紀夫の発言を挙げておきます。

インド旅行中、ヒンズー教徒たちの聖地ベナレスを訪れた彼は、聖なる河ガンジスで沐浴する癩者たちの群れを目にしました。

聖俗浄穢いりまじったすさまじい光景を目のあたりにした印象を、彼はのちに『文學は空虚か』

（武田泰淳との対談）（昭和四五年）でこう語っています。

「ベナレスほど恐ろしいものを僕はちよつと見たことがないやうな感じがしましたね、すべての文化があそこから、あのドロドロとした、あれをリファインすると文化になつてくるといふその大元を見ちやつたやうな氣がして、こんな、素《もと》を見たらたいへんだという感じがしましたね」

こうした感慨は、のちに三島の長篇『豊饒の海』第三巻『暁の寺』で活かされています。ただ、三島由紀夫のように、「恐ろしいもの」を見た衝撃を小説という芸術作品に昇華できるインテリは少ない。

文学の創作活動や対談と無縁の一般庶民は、寺社の門前や町角で非人や乞食の類に遭遇した際、どうするでしょうか。

当然、彼らを白眼視し、恐れたことでしょう。あるいは社会通念がそのように仕向けたのでしょう。また、嫌悪感や恐怖感の裏返しとして、嘲笑や揶揄の標的にもしたのでした。

最下層民に対する庶民のこうした視線や態度は、上方落語『しらみ茶屋』によく現れています。

大坂の紙屑商・淡路屋太郎兵衛、通称「淡太郎《あわたろう》」は、道ばたの乞食たちにいくばくかの金子を与え、彼らの身体についたシラミを貰ってきて、竹筒一杯に詰め、蓋をして数日間そのまま置いておきます。

そうして中のシラミが腹を減らし、血を欲しがる頃合いを見はからって、竹筒を懐にいれ、新町の馴染みのお茶屋へ出かけます。

芸者や太鼓持ちを座敷へ呼び集めると、

「見慣れた顔ばかりだ。これでいつもと同じ遊びをしてしまっては、つまらん。今晩は趣向を変えて、襟足くらべをしてみよう。みなで襟足の美しさを競うというのはどうや。襟足の綺麗な者には、褒美に襟首から背中へ、小判を滑りこませたる」

これを聞いて、女どもは、我も我もと淡太郎の方へ襟足をグッと突き出します。これが計略。淡太郎はニンマリしながら、小判とともに筒のシラミを入れて回ります。

しばらくすると、身体じゅうかゆくなって、みなはゴソゴソ、モゾモゾ。

「こら、オマエさんたち。お客の前で、なにをモゾモゾしとるんじゃ」

「すんまへん、旦さん。どういうわけか、シラミがぎょうさん這い回って、痒くて痒くて……」

「なに？　客商売の芸者が、シラミやと？　いったい、どういう料簡や」

「アテも、訳が分かりまへん。ああ、痒い」

「ウチもさっきから、**背中**が**痒**くて。どないしたんやろ」

と、**座敷**は**大騒**ぎ。

そのうち、**芸者**のひとりが、**淡太郎**を**指**さして、**悲鳴**をあげる。

「いや〜、**旦**さん、**見**てみなはれ。あんさんの**袖口**からも、シラミがゾロゾロ！」

「あっ、こりゃイカン。**筒**に**詰**めするのん、**忘**れてた」


淡太郎といえば、享和元（一八〇一）年の火災で焼失した四天王寺の主要伽藍を、勧進のすえに立派に再建した人物。

この名物男の滑稽譚において、乞食たちは不潔のシンボルとして登場し、あまつさえ、騒動の元凶となるシラミの提供者にされています。道化役もいいところです。

彼らが淡太郎にシラミを渡すくだりを高座の落語家が演じはじめると、聴衆は決まって肩をすくめ、顔をしかめることでしょう。その反応には、「ああいう者たちとは、決してお近づきにはなりたくない」という庶民感情が素直にあらわれています。

他方で、汚辱と貧困の極にある乞食や聖の中に、なお失われぬ聖性を見出したという逸話も、ないわけではありません。

『発心集』（鴨長明著）巻一の第十話が典型ですので、ご紹介します。

天王寺にひとりの聖がいました。

何をしゃべっても言葉尻に「瑠璃」と言い添えるクセがあるので、「瑠璃」とあだ名されていました。ボロ布や紙くずなどを何枚も重ね着し、物乞いでせしめた品を薄汚い布袋へ放り込み、町を徘徊しては、袋の中身を取りだして喰って暮らしていました。

生活は物狂いそのものの有様。特定の住処は持たず、垣や樹木の下、土塀沿いなどで夜を明かしていました。

その頃、天王寺にほど近い大塚というところに、尊い学僧がいました。

ある夜、瑠璃聖が訪ねてきて、

「雨に降られて行くところがございません。縁のすみにでも身を寄せていて構いませんか」

と申し出ます。

いつもと様子が違うなと思っていると、聖がいうには、

「たまたまこちらへ伺ったのがよい機会ですので、長い間、心にかかっている疑問を解決したく存じます」

意外に思いつつ、学僧が話し相手になってやると、議論風発、話題は天台宗の深遠な教理へも

及び、いつしか朝になっていました。

聖は、「おかげさまで、気になっていた疑問が氷解しました」と言い残して、去っていきました。

それから聖はふっつり消息を絶ちました。

数年後に流れた噂では、和泉国で乞食をして暮らすうちに、寿命がつきたとのこと。巨木の下枝に仏像を懸け、根元に座して合掌して果てていたとのことです。


鴨長明の筆致に、聖《ひじり》への蔑視はいささかも含まれていません。それどころか、同じ章段の末尾で、

此れらは、勝れたる後世者《ごせしゃ》の一の有様なり。

「大隠《たいいん》、朝子《ちょうし》にあり」と云へる、則ちこれなり。


と記して、市井に身を置きながらも好んで遁世者となり、やがて飄然と往生を遂げた聖を、絶賛しています。

西門あたりにたむろする最下層民たちの姿は、聖と俗、浄と穢、光と闇の交錯を映し出す、じつに残酷（凄惨な）なプリズムでした。

四天王寺舞楽の魅力

制外の最下層民の生き地獄が、四天王寺という世界の一方の極だとすれば、もう片方の極にあたるのが、勇壮華麗の代名詞というべき、四天王寺舞楽です。

各種法会の際の式楽として、平安朝以来の伝統を誇る芸能です。特に、聖徳太子を偲んで毎年四月二二日におこなわれる聖霊会《しょうりょうえ》の舞楽は、重要無形民俗文化財に指定されています。辛辣な口吻で知られる兼好法師も、この四天王寺舞楽だけはお気に召したようです。『徒然草』の中で、

何事も辺土は賤しくかたくななれども、
天王寺の舞楽のみ都に恥ぢず（第二二〇段）

と賞賛しています。

四天王寺舞楽が演じられるのは、六時堂前の亀の池の橋上にしつらえられた石舞台。左右に階段をそなえた構造は類例がなく、重要文化財の指定を受けています。

四隅には、曼珠沙華《まんじゅしゃげ》をかたどった巨大な赤い花柱が屹立《きつりつ》。細長い花弁が四方八方に伸びています。また、舞台の左右には、一対の火焔大太鼓《かえんおおだいこ》がそびえ、観る者を圧倒します。中国や朝鮮半島はもとより、遠くシルクロードの周辺国からも伝わってきた種々の芸能を貪欲に摂取し、それらを日本化して創り上げ、練り上げられてきた舞楽は、天王寺楽人たちにより、永らく伝承されてきました。

独特の音楽や所作に加え、エキゾチックな舞楽面や豪華絢爛な装束も近年、人気の的です。石舞台の上で繰りひろげられるのは、極楽浄土もかくやと思わせる豪壮華麗な舞楽の法会。境内にあふれるのは、ささらの音もしめやかに哀調を帯びた説経師の声、さまざまな物売りの掛け声や音曲、群参する人々の足音やさざめき……。

門外では、喜捨を求める非人や乞食たちの陰鬱なうめき声。

そして、時として人々を驚かせるのは、十万億土まで届けと鳴りわたる、梵鐘の響き。

四天王寺は、宗教上の聖地であると同時に、雅俗の音声《おんじょう》が入り乱れる、蠱惑《こわく》的な空間でもあったのです。

(3) しんとく丸の波瀾万丈と四天王寺

①メインステージは四天王寺

説経節『しんとく丸』は、確かに、清水寺の観世音菩薩霊験譚のように思えます。

子がなかった信吉長者夫婦にしんとく丸を授けたのも、不敬の発言を咎めて信吉夫人の命を奪ったのも、継母の呪詛のとおりにしんとく丸の両眼を潰し業病者となしたのも、乙姫に霊威の鳥箒《とりほうき》を授けてしんとく丸を本復させたのも、清水の観世音菩薩そのひとでした。

「オマエか、一連の騒ぎの張本人は」と突っ込みたくなるところですが、これだけのたくさんのことに手を染めながら、印象は意外に薄いのです。

それは、「もうそろそろ、現れるころだ」というわたしたちの予感にたがわないタイミングで現れ、「たぶん、こうするだろう」という予想通りの中身の恩寵《おんちょう》をたれてくれるからです。

観世音菩薩は、しんとく丸伝説の「狂言回し」に過ぎないという気がします。

これに対して、しんとく丸の人生のメインステージであり続けたのが、これまで縷々述べてきた、四天王寺という空間です。

彼の人生の起伏には、常に四天王寺が寄り添っています。

②稚児舞の栄光と恋

まず、信吉長者の美貌の嫡子として、得意の絶頂にあった頃、しんとく丸に晴れ舞台を提供してくれたのが、四天王寺（の石舞台）でした。

仏法を学ぶため、信貴山に三年間、寺稚児として預けられていたしんとく丸が、四天王寺の稚児舞の舞い手に抜擢されたのです。稚児舞とは、聖霊会のおり、八人の稚児が左方・鳥舞と右方・蝶舞に四人づつ分かれて舞う、華やかな演目。それに出演するのですから、この上ない名誉です。

ちなみに、稚児とは、寺僧に伺候して仏法を学ぶ少年のことです。稚児には、美童で詩歌や音曲に優れた者も多く、しばしば寺僧の性愛の対象にもされたとか。純真無垢な河内国のお坊ちゃん・しんとく丸も、年配の僧侶たちの毒牙にかかったのか、三面記事的な関心を禁じ得ません。

さて、稚児舞出演の事前準備のため、信貴山から河内国高安里への一時帰宅を許されたしんとく丸。

喫緊の課題は、もちろん舞楽の修行です。

しんとく丸が、舞楽の師・四天王寺遠山式部のもとへ通ったという約一五キロメートルの道のりは、現在、俊徳道《しゅんとくみち》と呼ばれています（ちなみに、しんとく丸の「しんとく」には、「俊徳」「信徳」「身毒」といろいろな用字があてられました。見慣れませんが、「身毒」とは、インドの古名です）。

近鉄大阪線には、この名をとった「俊徳道駅」（東大阪市荒川）という駅があります。俊徳道の周囲は、「俊徳」尽くしです。

東大阪市には俊徳町という町名がのこり、市立俊徳中学校もあります。また、大阪市生野区勝山の俊徳橋、東俊徳地蔵堂、西俊徳地蔵堂なども知られています。

さて、こうして街道の名にまでのこるほど熱心に通いつめた甲斐あって、舞台は大成功でした。説経節は、独特の誇張的表現も交えながら、舞台の模様をこう伝えます。

さすが稚児は美人なり、扇の手はよし、人間な申すに及ばず、
もろもろの諸菩薩、江河のうろくづに至るまで浮かみ出で、
貴賤群集は満ち満ちて、この舞ほめぬ者はなし。

しんとく丸は得意の絶頂だったことでしょう。

四天王寺ありがたや、稚児舞法会ありがたや。四天王寺は彼に最高のステージを提供してくれたのです。

彼を賛美した「もろもろの諸菩薩」の中には、後に彼を絶望のドン底に突き落とす、かの清水寺の観世音菩薩も含まれていたのか、いささか気になりますが……。

さて、これだけでもすでに果報者であったしんとく丸に、四天王寺はさらなる幸福を授けてくれました。それは、最愛の人・乙姫との出会いです。

スターとして舞台を務めて四日目、しんとく丸は、桟敷席から彼を見つめる蔭山長者の娘・乙姫を見そめました。たちまち二人は、熱烈な恋におちたのでした。舞台の栄誉と美しい恋人と。しんとく丸は、怖いほどの幸せを、ここ四天王寺で手にしたのでした。

③捨てられた御曹司

人間の運命は振り子と同じ。幸福な方に振りきれると、途端に反転して不幸の方へ。幸福の絶頂だったしんとく丸の運命は、急転します。

まずは、実母の急死。

そして、継母の登場と義理の弟の誕生。

こうして十分に牙を研いだ、不幸という猛獣が、やがてかよわいしんとく丸に襲いかかりました。

継母の呪詛による失明と業病の罹患です。絶世の美少年は一瞬にして、忌まわしくおぞましい違例者と変じました。

四天王寺の石舞台で、人々の羨望の眼差しを一身に集めて光り輝いていたしんとく丸は、いまや全身腐りただれ、顔をそむけられて忌避される一個の肉塊でした。

小躍りする継母。これで自分の息子が惣領になれるからです。彼女の口車にのせられて、信吉長者は息子の遺棄を家来の仲光に命じます。命じられた仲光は、若君しんとく丸をどこに捨てたか。裏山か、村はずれの森か、はたまた隣国かといえば、さにあらず。

仲光が選んだのは、申すまでもなく、非人・乞食・業病者の溜まり場にして終焉の地・四天王寺だったのです。

四天王寺に蠢《うごめ》く最下層民たちの世界は、通常人の人生とは断絶しています。そこへ落ち込めば二度と社会復帰は出来ない、不可逆的な生き地獄です。

しんとく丸をそこへ遺棄することは、「われわれの人生と記憶から、永遠に出ていってくれ」と宣告するに等しい。これは、考えようによっては、天下の大道に放置して野良犬に喰わせるよりも、却ってむごい仕打ちといえるでしょう。絶対的な拒絶と追放を意味しますから。

にもかかわらず、御曹司しんとく丸の脳天気ぶりといったらどうでしょう。確かに、運命の急転と業病の身を嘆き悲しんではいますが、四天王寺の石の鳥居傍の引声堂《いんせいどう》で一夜を過ごした翌朝、開口一番、

「おーい、仲光、手水をくれ」

ですから。

それまでの人間関係・社会関係の一切から切り離され、制外の民の境涯におちた自覚がまるでないのです。

仲光が一向に現れず、枕元の杖、金桶、蓑、笠などをさぐりあててようやく、自分が捨てられたと気づきます。

突如両眼が潰れ業病におかされた時よりも、この時の方が、絶望は大きかったのではないでしょうか。絶望が大きかった反動で、にわかにしんとく丸のプライドが頭をもたげます。

たとひ干死《ひじ》を申せばとて、そでごひとて申すまい

（たとえ飢死することになろうとも、物乞いはすまい）

と決意するのです。

これはこれでずいぶん立派な覚悟なのですが、このあとがいけません。

観世音菩薩の「他人の呪いのせいで今の境遇となったのですから恥じることはありません」という夢告をうけて、前言をあっさり翻し、天王寺七村を物乞いして歩くようになったのでした。

加害者が被害者にエールを送るが如き観世音菩薩の振る舞いも不可思議ですが、しんとく丸の変わり身の早さにも唖然。この人は、果たして意志が強いのか、弱いのか。

④弱法師《よろぼふし》と呼ばれて

ともあれ、物乞いの日々が始まります。

ただ、業病にかかり盲目、しかも空腹の身ですから、昂然とうなじをそらして闊歩するというわけにはいかなかったようです。ぶざまによろめきながら歩く様子から、「弱法師」とあだ名され、嘲笑されました。

ちなみに、「弱（い）」という語は、足取り、歩行等の形容に使われることが、よくあります。たとえば、与謝蕪村の

足よはの　わたりて濁る　春の水

足弱の　宿とるためか　遅桜

などの句に見られる「足弱」は、「足の弱い人」という原義から進んで、女性、子ども、老人等を指しています。

また、車輪が丈夫でない車は「足弱車《あしよわぐるま》」と呼ばれ、能『鉄輪《かなわ》』の詞章にも、以下のように登場します。

神々の責めを蒙る悪鬼の神通力《じんつうりき》
自在の勢ひ絶えて　力もたよたよと　足弱車の廻り逢うべき……

⑤再び引声堂へ

さて、弱法師とさげすまれながら悲惨な日々を送っていたしんとく丸に、かの観世音菩薩がまた助け船を出します。

「熊野の湯に入ったら、病が本復するぞ」とたきつけたのです。藁《わら》をもすがる気持ちのしんとく丸は、さっそく物乞いをしながら熊野を目指しますが、道中で思わぬ事態に巻き込まれました。

盲目なのでそうとは知らずに立ち寄り喜捨を求めた屋敷が、あろうことか、かつて恋仲であった乙姫の邸宅だったのです。

使用人たちは、おちる所までおちたしんとく丸をあざけります。深く恥じいるしんとく丸。彼は、あまりの恥辱に熊野詣でを中止して、天王寺へ戻ります。そう、またしても、舞台は四天王寺なのです。

たとひ熊野の湯に入りて、病本復したればとて、
この恥をいづくの浦にてすすぐべし。

天王寺へもどり、人の食事を賜るとも、はつたと絶って、
干死《ひし》にせん

以前にもどこかで聞いたようなセリフですが、彼は再び四天王寺引声堂へ立ち帰り、縁の下にもぐり込んですっかり餓死する態勢で居ます。

⑥縁の下のしんとく丸

盲目で業病者のしんとく丸が最期の場所として選んだのは、四天王寺引声堂の縁の下。その闇

と静謐の中に彼は身を置き、ただ死を待っていたのでした。

観世音菩薩の激励を受けていながら、はたまた日想観のメッカである四天王寺の石の鳥居傍で物乞いをして暮らしていながら、彼の胸中には、ついに一度として、浄土への希求や仏への拝跪の念は起こりませんでした。

盲目や業病という境遇、同時代人たちから受ける差別や嘲笑など、現世での現在進行形の受苦に、もはや耐えきれず、やむなく縁の下の闇へ逃げ込んだに過ぎません。

闇はただ暗いだけと考えるのはまちがいです。闇は本来、そこへ入る者の心情次第で、如何ようにも変容するパワーを秘めています。

たとえば、古典芸能の「道成寺もの」に見られる鐘を考えてみたら宜しい。

あそこで問題にされているのは、法器としての鐘ではなく、鐘の中身、すなわち鐘の中の闇です。自分を裏切った安珍に妄執の炎を燃やす清姫は、ほかならぬ鐘の内なる闇に身を躍らせ、そこで蛇体へ変容したではありませんか。

四天王寺の石の鳥居が浄土の東門につながっているのだとすれば、鐘は闇を通じて異界とつながっているのだといえます。

ところが、しんとく丸には、自分を差別し続ける者たちへの怒りがない。運命を呪うこともない。ただ憔悴し、うちひしがれた敗残者として、縁の下の闇で息を潜めているのです。

そこに拡がるのは、決然たる意志とも、清々しい悟りとも無縁の、ただ深く悲しい闇でしょう。縁の下と聞いて思い出されるのは、文楽・歌舞伎の『曾根崎心中』（近松門左衛門作）「堂島新地天満屋の場」です。

天満屋に訪ねてきた徳兵衛の世間体を慮《はばか》るお初は、人の話し声がするので、あわてて徳兵衛を打掛の裾に隠しながら縁の下へ入れ、自分は素知らぬ顔で上がり口に腰掛けて、煙草を吸いつけます。

やって来たのは、徳兵衛から金をだましとった九平次と仲間たち。徳兵衛の悪口雑言をお初に言い立てます。

縁の下で怒りに震える徳兵衛をお初は足先で押しとどめ、独言にかこつけて、事ここに至って、徳兵衛に死ぬ覚悟があるかと問うと、徳兵衛はお初の足先を喉笛にあてて、その覚悟を伝えます。続けて、お初が自分も一緒に死ぬ所存と言い切ると、縁の下の徳兵衛はお初の白い足にすがりついて泣きます。

縁の下の徳兵衛は、はじめはしんとく丸と同じような心境です。世間の目を逃れ、中傷と嘲笑から身を隠す意味で縁の下へ潜り込みます。

しかし、お初という、けなげな女性と足で交信するうちに、彼の中に死への強い決意が生まれます。これはしんとく丸には見られなかった感情です。

縁の下の闇は、もはやただの薄暗がりではありません。お初・徳兵衛ふたりの死出の闇路と化したのです。

お初の足からほとばしった想いが、縁の下の闇の意味を変容させたとも言えます。

闇に垂らされたお初の細くて白い足。それにとりすがることで徳兵衛は、(奇妙な言い方ですが)死という救済を得ました。

余談ながら、上がり口から縁の下の暗闇に垂らされた妖しい足、生の世界から死の世界へ伸ばされた足のイメージは、お釈迦様が極楽の白蓮の隙間から地獄の男へ垂らした蜘蛛の糸(『蜘蛛の糸』(芥川龍之介著)や、守護天使が地獄の火の池の女に差し伸べた一本の葱《ねぎ》(『カラマーゾフの兄弟』第三部第七編三(ドストエフスキー著))を想起させます。

⑦乙姫参上

徳兵衛は、お初という女性を得て、初めて心中という勇断に踏み切れました。死を待つばかりであったしんとく丸を救済したのも、やはり女性でした。観世音菩薩のような仏でなく、生身の女性、すなわち恋人の乙姫です。

乙姫は、しんとく丸がそうとは知らず屋敷に物乞いに来てこれを咎められ、恥じて姿をくらませた、と聞き、懸命にあとを追いますが、見つかりません。

ほうぼう捜しあぐねて、四天王寺の引声堂まで到り着き、「どうか、恋しいしんとく丸様に会わせてください」と観世音菩薩に祈願しますと、縁の下から、喜捨を求める弱々しい声。もしやと外へ連れ出して蓑・笠をはがしてみると、その者こそ、姿は変われども愛しいしんとく丸でした。

このようにふたりの劇的な邂逅の場所も四天王寺に設定されているのです。

その後、行動力あふれる献身的な乙姫が、しんとく丸の異形をものともせずに強引に清水寺へ連れて行き、観世音菩薩から鳥箒を賜り、それでしんとく丸を元の身体に戻したことは既に述べた通りです。

ちなみに、女の献身が盲目の男を救うモチーフは、文楽・歌舞伎の『壺坂霊験記《つぼさかれいげんき》』にも見られます。

大和国壺坂寺の近在に住む座頭の沢市は、女房のお里とふたり暮らし。お里が毎夜どこかへ出かけるので、さては浮気かと疑います。

ところが、それは壺坂寺へ夫の開眼祈願に通っているためと発覚。恥じた沢市は壺坂寺の裏の谷へ身を投げます。

お里も悲しみのあまり同じ谷で投身自殺をはかりますが、憐れんだ壺坂の観世音菩薩がふたりを甦らせ、沢市の眼も治してやります。

「盲目で薄幸の男・献身的な女・観音の霊威でハッピーエンド」という三題噺は、作劇上、定石パターンのひとつのようです。

それにつけても、情けないのは、しんとく丸。干死にしようと引声堂の縁の下に引きこもっていたくせに、堂の鰐口《わにくち》が鳴ると、「それ、お客さんだぞ〜」とばかりに、喜捨の催促。言行不一致もはなはだしいですね。

これは御曹司特有の稚気ゆえなのか、したたかなサバイバル能力の発現なのか、評価は揺れます。

3　家族という闇

⑴ 実母の急死

しんとく丸の物語の骨格をなすのは、「継母《ままはは》―継子《ままこ》」の関係です。信吉長者夫婦の嫡子に生まれ、美貌・学識・音曲の才に恵まれたしんとく丸の少年期は、四天王寺の稚児舞出仕と恋人・乙姫との出会いでひとつの頂点を迎えますが、運命はすぐに暗転します。その契機が、実母の急死です。

長らく子がなかった夫妻にとって、しんとく丸は観世音菩薩より授かった大切な息子。生誕以来、その慈しみぶりは並大抵ではありませんでした。とくに母子の絆は深く、しんとく丸の母への想いの深さは想像以上だったことでしょう。

その母が急死して、しんとく丸は悲嘆のドン底に突き落とされますが、父親の方は、息子とは事情が違ってまいります。

たしかに最愛の妻を失って悲しくはあるのですが、なにせ、まだ男盛り。それに、一党を率いていかねばならない社会的立場を考えますと、いつまでも男やもめでは具合が悪いというわけです。そこで、周囲の勧めもあって、やがて後妻を娶《めと》ることにしました。事態の急変に対するじつに現実的な、「大人の」対応だといえるでしょう。

しかし、おさまらないのが、しんとく丸。「母の死後、まだ百カ日も経たないうちに、もう別の女性を妻に迎えるとは」と憤り、「ボクだけは母さんを見捨てない」とばかりに持仏堂に籠もり、涙ながらに読経に明け暮れました。

父親の信吉長者からすれば、堪らなかったでしょう。

持仏堂からしんとく丸の読経の声や鉦鼓の音が洩れ聞こえてくる間じゅう、間接的に「オマエは薄情者、裏切り者だ」と責められているようなものです。亡妻に対する後ろめたさばかりが募り、良心が痛みます。

他方、後妻の方もいい気がしません。最初の頃こそ、「こんな幼い子が、お母さんを亡くして可哀想に」と不憫さが先に立ちますが、月日を経てもしんとく丸が自分に一向になつかず、死んだ実母の面影ばかりを慕っているとなると、同情と憐憫は次第に怒りと憎悪に変わっていきます。「アタシがこんなに目をかけてやっているのに、この子ときたら……」という想いにとらわれていくのでした。まったく皮肉なものです。

しんとく丸が亡くなった実母を恋しく思えば思うほど、父と継母との心理的な懸隔がひろがり、家族の闇は深まっていくのです。

(2) 継母の心情

ただ、この状態で推移したならば、よくある継子の悲劇で済まされたことでしょう。しかし、しんとく丸の場合はそうではありませんでした。

運命の歯車をさらに悪い方へ回転させる事態が起こったのです。それは、継母に息子（弟《おと》の次郎）が生まれたことでした。

弟の次郎が生まれるまで、継母は厳密に言えば、「母」ではありませんでした。むろん、信吉長者の後妻ですから「妻」「既婚者」であることはまちがいないのですが、女ではあっても「母」ではなかったのです。しんとく丸の実《じつ》の母でないばかりか、まだ誰の母でもなかったわけです。その彼女が、身ごもり、やがて弟の次郎を産みました。初めて母になったわけです。「女」から「母」へ。この差は大きい。

とくに、現代と違って、出産が女性の死因のかなりの部分を占めていた時代には、命懸けで産んだ子どもへの母親の愛情はわたしたちの想像をこえるものがあったことでしょう。実母がしんとく丸を愛したのと同じくらい、継母は弟の次郎を愛したはず。

こうなると、彼女にとってしんとく丸は、もはや先妻の哀れな遺児ではなく、息子の出世の障碍に過ぎなくなります。

この子を惣領にするためには、しんとく丸をどうにかして始末しないと……。実子への継母の愛情（これ自体は自然なことです）が、「継子いじめ」を激化させ、ついには継子抹殺の陰謀へと結実するのです。人間の業《ごう》の深さを思い知らされます。

(3) 継子いじめ

「継子いじめ」は、古来、民話・伝説の主要なモチーフのひとつで、「継母が継子に辛くあたる」という程度のものから、呪詛、虐待、拉致、誘拐、さらには謀殺にいたるまで、さまざまなヴァリエーションがあります。

他人をいじめる方法を考えるとなると、人間の想像力はとどまるところを知らないようです（他人を喜ばせる方法や褒め言葉を考えよ、と言われたら、きっとこうはいかないでしょうね）。

代表例をいくつかご紹介しましょう。

第一に、継子が男児である場合。『今昔物語集』には、次のような逸話がみられます。

天竺でのお話。前世で善行を積んだ者が、輪廻転生の末、ある男の息子に生まれ変わりました。実母は死に、後妻が迎えられたのですが、この継母は継子を憎み、熱く焼けた鍋や煮えたぎる釜に放り込むのですが、前世の善行のゆえに仏の加護があり、継子は火傷ひとつ負いません。

怒った継母は、今度は河に突き落とします。継子が河底の大魚に丸呑みにされ、その腹の中で過ごすうち、くだんの大魚は釣り上げられ、偶然にも買われて父の許へ。魚を料理しようとすると、腹の中から人の声がします。腹を切り裂いてみると、そこには行方不明になっていた息子の姿がありました。

(巻二第二〇)

良い意味での因果応報を説くことに主眼を置いており、ハッピーエンドでもあるため、継子の悲劇性は薄いですが、よく読むと、継子は継母にかなりエゲツナイ仕打ちを受けています。

しんとく丸の継母の場合、相手への効き目こそ強烈でしたが、手法自体は「呪詛」という間接的(にして陰険)なものでした。ところが、本話の継子は、鍋で焼かれて釜で煮られて……。まるで、料理の材料ですね。

大魚に呑まれる件《くだり》は、ピノキオの童話の一場面を彷彿とさせます。

続いて、大魚ならぬ亀が大活躍する話を挙げましょう。

中納言藤原山陰《ふじわらやまかげ》の子の中に美しい若君がいました。継母もこの子を可愛がったので、中納言はすっかり安心していたのですが、継母の愛情はじつは見せかけ。

中納言と九州にくだる船旅の途上、若君が小用をたすのを手伝うふりをして、船から海へ突き落としてしまいました。

大騒ぎになって、みなで一晩中、あたりを捜索しましたが、手掛かりはなし。

夜が明けると、向こうの海面に何か浮いているのが見えます。漕ぎ寄ってみますと、それは大亀の甲羅の上にのっかっている若君でした。大亀は、以前、若君に助けてもらった恩返しをしたのです。

若君は長じて有名な僧になりました。

そして、のちに中納言が亡くなると、子がない継母を引き取って死ぬまで面倒をみてやりました。

（巻十九第二十九）

亀のけなげな報恩が泣かせる話です。

そう言えば、しんとく丸はあれだけひどい目に遭いながら、四天王寺の池の亀にも魚にも助けて貰えなかったのですね。稚児舞の名手として活躍していた時代に、餌のひとつも与えてやらなかったのでしょうか。

第二は、継子が女児の場合です。

『枕草子』第二〇一段で、「物語は住吉」とまっさきに紹介されている『住吉物語』を挙げましょう。

中納言の娘である大君《おおきみ》は継母に憎まれ、四位少将との恋仲を邪魔されたばかりか、六角堂の法師と密会していると讒言されるなど、散々な目に遭わされます。大君は仕方なく、住吉にいる亡母の乳母の許へ身を寄せます。

のちに、四位少将は長谷寺の夢告をうけて住吉へ赴き、恋人の大君と再会して屋敷へと連れ帰り、ふたりは幸せに暮らします。

陰謀をめぐらせた継母は中納言から離別され、この世を去ります。

シンプルな勧善懲悪の筋書きに、長谷寺の観音の功徳がミックスされた物語。説経節『しんとく丸』では清水寺の観音、こっちでは長谷寺の観音が登場。観音さんの業界も商売（?）繁昌、大忙しのようです。

『一寸法師』『浦島太郎』などでおなじみの『御伽草子《おとぎぞうし》』の中にも、継子いじめの話があります。

『鉢《はち》かづき』がそれです。

河内国に住む備中守実高《びっちゅうのかみさねたか》とその妻には子がなかったので、長谷寺の観音に祈願して、子を授かりました。生まれたのは美しい姫君。

姫君が十三歳のおり、母は死の床で娘の髪の上になにやら載せたかと思うと、肩まで隠れるほどの大きな鉢をかぶせて、亡くなりました。

この鉢がどうしても脱げないので、娘君はみんなに気味悪がられ、継母の讒言《ざんげん》もあって、とうとう屋敷を追い出されてしまいます。

その後、苦しい旅の最中に宰相《さいしょう》殿とめぐり会って愛し合うようになり、また、ようやく脱げた鉢の中からはたくさんの宝物が出てきて、ふたりは幸せに暮らします。継母は、不徳が祟って、のちに零落しました。

説経節『しんとく丸』と話のパターンがよく似ていますね。しんとく丸も姫君も、観世音菩薩の霊験で授かった申し子。また、しんとく丸は業病、この姫君は鉢に悩まされ、と原因こそ違え、ふたりとも、人々から嘲笑され、排斥される異形の者です。

さらに、継母の讒言で家を追い出され、流浪して辛酸をなめる、という境遇も似ています。

ただし、『しんとく丸』では、乙姫（女）がしんとく丸（男）を生き地獄から救い、『鉢かづき』では宰相殿（男）が姫君（女）にかいがいしく尽くすというように、男女の役割が逆転しています。どちらの方が感情移入しやすいですか。

（4）貴種流離《きしゅりゅうり》の物語

継子いじめは、ときに貴種流離の要素と混淆《こんこう》して、その凄惨さを増します。

高貴・富貴の身分や家柄に生まれた者が、悪人の讒言や陰謀もしくは前世の因縁などが原因で、生家・故郷・都などを逐われて流浪の身となり、世の辛酸をなめます。

その者の零落の度合いが激しければ激しいほど、苛《さいな》まれる辛苦が大きければ大きいほど、人々の涙を誘います。他方で、彼らが無意識のうちに抱く加虐趣味も満足させられるのです。

同情と優越感、憐憫と等閑視。相反するふたつの感情を同時に喚びおこすのが、貴種流離の物語の特徴です。

しんとく丸の場合はどうでしょうか。

継母の恐ろしい呪詛によって、しんとく丸の両眼は光を失い、全身はおぞましい業病におかされて、違例者となります。

これだけでも究極の継子いじめと評せるのですが、運命はまだしんとく丸を赦しません。しんとく丸は裕福な生家から連れ出され、四天王寺の最下層民の群れの中へ捨てられます。

絶望したしんとく丸がすぐに首でもくくるか、刺客に襲われるか、ともかく遺棄から時を経ずして非業の死を遂げたのなら、ある意味、本人にとっては幸せだったかも知れません。受苦の時間が短くて済んだのですから。

ところが、しんとく丸は生きます。となれば、流離の始まりです。差別と嘲笑に甘んじ、自尊心の崩壊を自覚しながら、四天王寺の村々を物乞いをして回るしんとく丸。

囚人の刑期のように期限など決まってはいません。努めて自暴自棄にならず、陰日向《かげひなた》なく暮らしても、この境涯から抜け出せるわけではありません。

救いもなく希望もなく、盲目の身で、病魔にむしばまれながら漂泊する生き地獄。すぐに救いの手をのばさない観世音菩薩は、まるでしんとく丸の苦痛が一定量に達するのを待っているかのように残酷です。受苦が閾値《いきち》を超えるまで、おまえはそうして絶望と恥辱にまみれるほかないのだ……。

しんとく丸の苦悶を前にした観世音菩薩の不作為でさえも、衆生への愛であり慈悲だと解すべきなのでしょうか。

遠藤周作が小説『沈黙』で鋭く問うた「信仰」の問題が（キリスト教と仏教の違いはあれ）ここ

でも顔を出します。

なお、参考までに、「貴種流離」が物語の基底をなす例を挙げておきましょう。

最初は、能『蟬丸』です。


延喜帝の第四皇子である蟬丸は幼少期に盲目となりました。帝はいかなる思し召しか、延臣清貫《きよつら》に命じて、蟬丸を逢坂山《おうさか》に捨て置きます。

蟬丸は悲嘆に暮れながら、博雅《はくが》の三位《さんみ》のしつらえてくれた藁屋《わらや》に侘《わ》び住まいをします。

やがて、そこへ第三皇女の逆髪《さかがみ》がやって来ます。髪の毛が逆立って生え、撫で下ろそうとしても下ろせない異形の姿に生まれついた逆髪は、人々から嘲られ白眼視されるうちに狂い、彷徨の末に、流れてくる琵琶の音に誘われて、逢坂山までたどり着いたのでした。

姉弟はひさしぶりに再会し、互いの境涯と悲運を嘆き悲しみますが、まもなく逆髪は去って行きます。

蟬丸は蕭然《しょうぜん》と藁屋の軒にたたずむのでした。


せっかく皇子に生まれながら、落魄《らくはく》して、いまや逢坂山の藁屋暮らし。貴種流離の典型です。

しんとく丸の話とは以下の点で類似しています。

第一に、ともに盲目の身であること。もっとも、蝉丸の場合、失明の原因は先天的で、肉親の呪詛とは関係がありません。

第二に、遠疎の地へ遺棄されたこと。ただし、捨てるのは父親自身ではなく、その命を受けた配下の者。後ろめたさを少しでも回避しようという姑息な手です。

第三に、音曲と関連が深いこと。四天王寺へ捨てられる前のしんとく丸は容姿に優れ、稚児舞を得意にしていました。蝉丸は、琵琶の名手として知られています。

なお、曲中、博雅《はくが》の三位《さんみ》が登場するのは、『今昔物語集』所収の以下の逸話を踏まえているからです。

源博雅《みなもとひろまさ》は管弦の名手として知られていましたが、とりわけ琵琶にご執心でした。あるとき、会坂関《あいさかのせき》に隠棲する蝉丸という盲者が琵琶の名手と聞き、毎夜毎夜、蝉丸の庵のそばへ赴き、彼が秘曲『流泉《りゅうせん》』『啄木《たくぼく》』を弾くのを待ちわびました。

こうして三年経ったある夜、蝉丸がしみじみと琵琶をかき鳴らし、「このように趣深い夜には、風雅と管弦の道を心得た御方と語り合いたいものだ」と嘆息したのを聞き、博雅はすかさず庵の外から声を掛けます。

そして蝉丸に自分の想いを伝えると、蝉丸はその心根を大いに愛で、ついに秘曲を伝授してく

れたのでした。（巻第二十四第二十三）

いまの時代のように、教授料をよこせだの、著作権料がいくらだのという野暮天の出てこない、粋人同士のすがすがしい邂逅です。

さて、能『蝉丸』に続く貴種流離の二番目の例は、能『雲雀山《ひばりやま》』です。

右大臣豊成は、ある者の讒言を信じて、娘の中将姫《ちゅうじょうひめ》を雲雀山（大和と紀伊の国境）で殺せと従者に命じます。

しかし、殺すに忍びないと思いとどまった従者は、山中の庵に姫を匿い、いまでは、侍従《じじゅう》という乳母《めのと》が山野の草花を商って生計を立てて、姫とひっそり暮らしています。

そんなある日、侍従は、雲雀山へ狩りに来た豊成一行に出くわします。聞かれるままに、花や鳥にかこつけながら、自身と姫の境涯を舞い語り、物狂いの態《てい》になります。

その舞を見てはじめて、豊成はこの花売りが侍従だと気づき、姫の一件に関する自分の不明を涙ながらに詫び、悔いるので、侍従は父娘を引き合わせました。

こうして、姫はめでたく奈良の都への帰還がかなったのです。

ここでも、信吉長者と同様、人騒がせなのは父親です。子どもに何か気にくわないところがあると、すぐに捨てたり、殺したりするのですね。現代の家庭内暴力や児童虐待を上回る苛烈さです。

他方、母親はどうしたかといえば、これが不思議。姫の母への言及は一言もなく、全篇を通して乳母が母性の体現者となっているのです。しんとく丸への乙姫の愛が恋人の愛であったのに対し、中将姫への乳母の愛は母の愛でした。

それにしても、流離といいながら、人によって苦労の度合いには、かなり濃淡があります。一番苦悶したのは、おそらくはしんとく丸ではないでしょうか。盲目で業病者。乙姫が来てくれるまで、まったくの独りぼっちでした。死を決意したことも幾度かありました。

盲目の蝉丸は、零落したとはいえ、一応は雨露しのげる藁屋住まい。琵琶を弾ずる精神的な余裕もあり、その音に惹かれて、源博雅も時々訊ねてくるし、逆髪との再会も果たせたし……。

もっともマシな境遇だったのが、中将姫でしょうね。働き者の乳母が生活費を稼いでくれて、炊事・掃除・洗濯など身の回りの世話も焼いてくれるのですから。

ひょっとすると、単身赴任の企業戦士よりも、恵まれた生活だったかも。

(5) 盲目のしんとく丸が観た闇と光

信吉長者の御曹司として慈《いつく》しまれ、天王寺の稚児舞の舞台では生来の美貌で観客を賛嘆たらしめたしんとく丸。乙姫と相思相愛の仲ともなり、幸せの絶頂にあった当時の彼は、たしかに晴眼者でしたが、人生の真実のなんたるかはちっとも見えてはいませんでした。あまりにも恵まれた境涯ゆえ、実存主義的な悩みにとらわれることがなかったうえに、「恋は盲目」の状態だったからです。

そのしんとく丸が「(継母の)祈るしるしの現れ、その上呪い強ければ、百三十六本の釘の打ちどより、人のきらひし違例となり、にはかに両眼つぶれ」てしまいます。

この「(主人公が)両眼をつぶされる」というモチーフは、わたしたちに激烈な印象を残します。目は知覚情報の大半を受容する重要な器官であるとともに、カラダの中でもっとも脆弱な部位。そこを攻撃されるのですから、主人公の悲劇性は否応なく高まります。

観客や読者の心を揺さぶるためなら悪魔に魂を売り渡しかねない、世の戯作者や文学者たちが、こうした効果的なモチーフを放っておくはずがありません。主人公やそれに準ずる登場人物が両眼をつぶされる設定は、古来さまざまな作品で用いられてきました。

たとえば、『今昔物語集』。両眼をえぐりとられる類の話がたくさん収録されています。数例挙げておきます。

天竺の舎衛国《しゃえいこく》に五百人の群賊がいました。波斯匿王《はしのくおう》は懲らしめのため、全員を捕縛し、両眼をくりぬき、手足を切って高禅山《こうぜんさん》のふもとに遺棄しました。苦痛と飢餓にあえぐ群賊たちが改心して、「南無釈迦牟尼仏《なみむしゃかむにぶつ》」われらをお救いください、と祈願すると、光り輝く仏が現れました。その光が群賊を照らすと、全員の目や手足は元に戻りました。彼らはみな、仏の弟子になりました。霊鷲山《りょうじゅせん》（釈尊説法の地として有名）の五百の御弟子《みでし》とは彼らのことをいいます。（巻一第三十八）

天竺の波羅奈国《はらなこく》にひとりの男がいましたが、仏法をいささかも信じません。しかし、妻は信心深く、夫には内緒で、比丘《びく》から法華経を十余行読み習いました。

これに気づいて怒り狂った夫は、「おまえの目は醜い。ちょうどここに、路上の死体からくり抜いてきた綺麗な目があるから、これと交換してやろう」というと、妻を引き倒し、目をえぐりとって家から追い出しました。

ちょうど通りかかった比丘が路傍で瀕死の状態の女を見つけて山寺へ連れ帰り、面倒をみてやりました。

その後、女は「妙法」の二字が目の中へ入る霊夢を見、それ以来、天上世界から地獄まで見通せる天眼《てんげん》を具《そな》える身となりました。（巻四第二十二）

西洋にも目を向けておきましょう。
シェイクスピアの人気作『リア王』では、リア王の危急を救ったグロスター伯爵が、コーンウォール公爵（リア王の娘リーガンの夫）たちに捕まり、むごい仕打ちを受けます。

グロスター：いずれ見せて貰えよう、この娘共の頭上に、復讐の女神達が翼の如く襲掛《おそいかか》る様を。
コーンウォール：それは見せてやる訳にはゆかぬ。おい、椅子をしっかり押さえていろ。
貴様のその目を踏躙《ふみにじ》ってくれる。
グロスター：年を取るまで生きたい者はいないのか、いるなら、俺を助けてくれ……
おお、酷い事を！　おお、神々よ、これを！
リーガン：残る片目が隣の窪みを嘲っている。ついでにそれも！
（中略）
コーンウォール：もう二度と見えぬように、こうしてやる。
ええい、胸くその悪い、まるで腐った生牡蠣のようだ！　貴様の光は今はどこにある？

グロスター：闇に閉ざされ、頼るべき物影一つ無い！　（『リア王』（福田恒存訳）（新潮文庫））

さらに激烈な表現で、物議をかもした問題作が、フランス映画『アンダルシアの犬』（一九二八年）です。

ルイス・ブニュエル監督と鬼才サルバドール・ダリが共同で製作した本作の冒頭では、若い女の眼球を謎の男が剃刀で真一文字に切り裂くシーンが登場します。

今日ではシュールレアリズムの極致と評価されるこの描写も、当時としては、社会的な許容範囲をはるかに超えるものでした。客席では失神者や嘔吐者が続出、上映禁止運動も起こって、一大スキャンダルとなりました。

なお、他人に両眼をえぐられるのではなく、自らの意思で両眼をつぶすケースもあります。幸若舞《こうわかまい》『景清《かげきよ》』が典型です。

平家の残党である悪七兵衛景清《あくしちびょうえかげきよ》は源頼朝の命を狙いますが失敗して逃走。妻の阿古王《あこおう》は懸賞金に目がくらんで、夫の捕縛の手引きをします。妻の裏切りを知った景清は、「あのような母と一緒に暮らすよりは、地獄の閻魔王の元で、父の来るのを待つがよい」と、息子二人を殺害し、敵陣へ斬りこみます。

やがて捕らえられた景清。頼朝は所領を与えるから源氏に仕えよと迫ります。景清は感謝しつつも、恩人頼朝の姿を見るたびに一方では「主君の仇があそこに居る」と思うのが心苦しいといって、刀で自らの両眼をくり抜きます。日向国宮崎へ下る前に、日頃信心している清水の観音にお参りしますと、内陣から霊光がさし、景清の目は元通りになりました。景清はそのまま筑紫へ下り、かの地で八十三歳の大往生を遂げたそうです。

説経節『しんとく丸』と同じく、ここでも清水の観音が大活躍しているのが注目されます。

一方、目をつぶす動機はサムライ魂の発露のみにあらず、好きな女性への一途な想いから……という例が、谷崎潤一郎の『春琴抄《しゅんきんしょう》』です。

美貌に恵まれながらも盲目の春琴は、厳しい稽古で知られる地歌箏曲《そうきょく》の師匠。弟子たちが辟易して遠ざかるなかで、佐助だけは、師匠の身の回りの世話をしながら稽古に励みます。ある日、春琴にしつこく言い寄っていた弟子の利太郎が、稽古中、春琴に三味線の撥《ばち》で眉間を傷つけられ、憤然と帰ったことがありました。

そのことと関係があるのかどうかは分かりませんが、春琴は恐ろしい事件に見舞われます。夜中、

何者かが彼女の寝所へ侵入し、その美しい顔に鉄瓶の熱湯を注いだのです。面相が変わり、絶望にあえぐ春琴を見た佐助は、縫い針で両眼を突き、盲目となります。佐助は、春琴と初めて真に心が通いあった気がしました。

さて、話をしんとく丸に戻しましょう。

『今昔物語集』巻四第二十二の女は信心のゆえに天眼を得、『春琴抄』の佐助の場合は、自己犠牲の末に「外界の眼を失った代りに内界の眼が開けた」のですが、しんとく丸はどうだったでしょうか。

たしかに、それまで果報な人生を送ってきた御曹司が視力を失うことで、はじめて見えてきたものもありました。それは、社会の非情さであり、人間はいとも簡単に変節する生き物だという悲しい現実です。

ついこの間まで追従の笑いを浮かべていた者たちは、しんとく丸が盲目となり業病におかされるや、彼を忌避し、嘲笑し、差別して憚りません。

しんとく丸がそうとは知らずに恋人乙姫の屋敷へ物乞いに立ち寄った際、それを見た人々は次のような痛烈な罵言をしんとく丸に浴びせています。

「おいおい、あれを見ろよ。ありゃあ、しんとく丸だぜ。むかしはこの屋敷の乙姫のところへ恋文なんぞよこしていた河内の御曹司が、どうした因果か、いまはあのザマだ」

これを耳にしたしんとく丸は、世の無情とおのが身の不甲斐なさを痛感して物乞いをやめ、引き返して四天王寺での干死《ひじに》を決心します。

しかし、彼の内面の覚醒も、所詮ここまで。

失明・業病という不幸に遭っても、残念ながら、彼は心眼を開くまでには到りませんでした。自身の力では『景清』のような境地へは到達出来なかったしんとく丸。心眼を開き得ず、自助能力に欠けるしんとく丸。

本来ならば野垂れ死するほかなかった彼に幸いしたのは、恋人乙姫の存在でした。

彼女が全身全霊をもって清水の観世音菩薩に祈願してくれたため、しんとく丸の両眼は開き、業病も平癒しました。

観世音菩薩からすれば、しんとく丸の不甲斐なさが腹立たしく、「まだまだ修行が足りん。もっともっと苦労せい」と言いたかったでしょうが、ここは乙姫に免じて、いわばゲタを履かせて、救済してやったというところでしょう。

それにしても、継母の呪いも聞き届けてやり、乙姫の切望も叶えてやり、と大盤振る舞いの観世音菩薩。「地獄の沙汰も金次第」ならぬ「観音の沙汰も女次第」というべきか。

いずれにせよ、一連の経験を通して、しんとく丸の眼差しは人生のより深いところまで届くようになりました。

本復後、「盲目のころに多くの人々から受けた恩義に報いたい」と考え、安倍野が原で七日間の施行《せぎょう》をおこなっているあたりに、彼の人間的な成長を看てとることが出来ます。観音も乙姫も目を細めたことでしょう。

4　しんとく丸と愛護の若

しんとく丸の物語をより深く理解するために、対照例として説経節『愛護の若』を紹介したいと思います。

⑴　説経節『愛護《あいご》の若《わか》』を読む

二条蔵人清衡《にじょうくらんどきよひら》**は、天覧の宝比べにおいて、家の重宝であるやいばの太刀と唐鞍**《とうくら》**で六条判官行重**《ゆきしげ》**に勝利します。**

負けた行重は、清衡に子がないことに目をつけて、今度は子比べで挑み、自分は五人の息子を引き連れて参内して清衡に圧勝。清衡はなすすべがありませんでした。

失意の清衡は夫人を伴って泊瀬山《はせやま》**の観世音菩薩に祈願し、男児を授かります。ただし、その子**

が三歳になったら夫婦のうちどちらか片方が命を落とすという恐ろしい条件付きで。

こうして生まれた男児は愛護の若と名づけられ、美しい若君に成長し、いまや十三歳。観世音が言っていた三歳をとうに過ぎたのに、清衡夫婦には別段の異状もありません。慢心をおこした夫人が「あの時、神仏は方便で嘘をおっしゃったのだわ。この子がもう十三歳になったというのに、わたしたち夫婦はこうして息災だもの。神仏でも嘘をつくのだから、わたしたち人間が世渡りするには尚更そうよね」と軽口を叩いたのが運の尽き。観世音の怒りに触れ、夫人は仏罰を蒙って急死します。

母恋しの若君は、悲嘆に暮れて読経三昧。しかし、清衡はいつまでもひとり身というわけにはいかず、後妻に雲居の前を迎えます。若君は父の変節を嘆き、寵愛する手白《てじろ》の猿とともに持仏堂に籠もります。

やがて、雲居の前は若君の姿をみそめ、道ならぬ恋に落ちます。苦衷を察した侍女の月小夜《つきさよ》は仲立ちを申し出て、若君に雲居の前からの恋文を届けますが若君は取り合いません。再三の恋文に辟易した若君は、これ以上つきまとうなら、この恋文を父に見せるぞと脅します。

露見を恐れた雲居の前は、想いを聞き届けてくれない若君への憎悪も手伝って夫に讒言、若君を無実の罪に陥れます。

激怒した清衡の命令で、縛り上げられ、桜の古木に吊される若君。この様子を冥途で見ていた亡母は閻魔大王に頼み込み、いたちに姿を変じて一時的に娑婆へ戻してもらいます。そして、縄を喰いきって、手白の猿とともに若君を助け、「比叡山西塔北谷《きただに》の阿闍梨《あじゃり》はおまえの伯父だから、そこへ行って僧となり、母の供養をしておくれ」と言い残して冥途へ帰って行きました。

比叡山へ向かう途中、四条河原の賤民細工のもてなしに力を得て、ともに吹上松《ふきあげまつ》まで来ますが、「女人禁制」「三病者《さんびょうしゃ》（癩病など三つの難病のこと）禁制」「細工禁制」の高札に阻まれて細工はそれ以上進めず、若君は独り阿闍梨の門までやって来ます。大勢の従者を従えての訪問かと思いきや、門外に佇むのは稚児ひとり。阿闍梨は天狗の悪計と勘違いして、法師たちに若君を打ちすえさせます。

追い払われた若君が山中を彷徨い、前後不覚になって志賀の峠で眠りこけていると、通りかかった粟津の庄の田畑介《たばたのすけ》兄弟が介護してくれたうえに柏の葉に粟の飯を盛って食べさせてくれました。若君は同道を請いますが、彼らは万雑公事《まんざつふくじ》（税として都での使役に従事すること）のために都へ上る途上なので無理だといって去っていきます。

またしても独りになった若君は穴太《あのふ》の里へ迷い出ます。ある家の庭の桃の実を無断でひとつ食べていると、姥が出てきて違例者の杖で打ちます。麻の中に逃げこみましたが、風が吹いて姿が露わになり、重ねて杖で打擲《ちょうちゃく》されます。若君は「穴太の里に桃なるな。麻はまくとも苧《を》になるな。あらし吹くな」と呪いながらこの地をあとにします。

こうして、きりうの滝にたどり着いた若君は、左手の指を喰い切り、血で小袖に一部始終を書き留めて滝壺へ身を投げました。

やがて真相を知った清衡は、雲居の前を稲瀬《いなせ》が淵へ沈め、月小夜を斬殺して、きりうの滝へ急ぎます。

清衡に呼び寄せられた阿闍梨が祈祷をおこなうと、稲瀬が淵に沈んだはずの雲居の前が十六丈の大蛇と化して現れ、若君の死骸を護摩壇の上に置くと、「ようやく愛護への想いを遂げられました」と告げて水底へ消えていきました。

清衡はもはやこれまでと若君の死骸を抱いて身投げし、阿闍梨とその弟子たち、細工夫婦、田畑介兄弟、穴太の姥、手白の猿などもあとに続きました。その数、総勢百八人にのぼります。若君はその後、山王大権現として祀られました。

(2) 長者に子なし、というけれど

富貴なれども子がないため、神仏にすがって一子を授かるという導入は、『しんとく丸』『愛護の若』に共通しています。

ただ、『しんとく丸』では、子に恵まれない原因は当該夫婦の前世での悪行のゆえと明示され

ているのに対し、『愛護の若』ではそのあたりの事情が定かではありません。『しんとく丸』の清水寺の観世音菩薩は、信吉長者夫婦に物語るにあたっては懇切丁寧。妻子を人間に焼き殺された父鳥の「貧に子あり、長者に子なしと申すなり。明けても子欲しや、暮れても子欲しや、案じて暮らいて、さて果てよ」というすさまじい呪詛も迫真の語り。

なのに『愛護の若』の泊瀬山の観世音菩薩は「人の子種の多きこと、天に星の数よりも、なほも多きことなれど、清衡夫婦に子種は更になし。はやはや帰れ」と、じつにそっけない。最近はやりの「説明責任（accountability）」のかけらもない応対です。泊瀬《はつせ》山の観世音菩薩は生来無口だからか、さすがの観世音菩薩でも口にするのを憚られるような陰惨な因果が清衡夫婦の前世に隠されているのか、気になるところです。

(3) 口は災いの元

信吉長者夫婦も清衡夫婦も「生まれてくる子どもが一定年齢に達したら、父母どちらか一方が命を落とすことになるが、それでも良いか」と問われているのが目をひきます。清水寺、泊瀬寺と場所は違うのに、祈願者への提示条件は同じ。観世音菩薩の組合か何かの申し合わせなのでしょうか。

無論、観世音菩薩のこの条件は、実際に履行されるかどうかということよりも、祈願者の覚悟のほどや想いの深さ、祈願の切実さをはかる一種のテストとして機能していると考えられます。

そのあたりの微妙な事情を斟酌せず、「な〜んだ、ビクビクして暮らして損した。息子が問題の年齢を過ぎてもう何年もなるのに、別に何事も起こらないじゃない」などと、しんとく丸や愛護の若の実母たちにあからさまに言われると、観世音菩薩がカチンとくるのは当然。せっかくの厚情を踏みにじりおって、と怒りをかい、二人の母はあわれ、命を奪われます。

しんとく丸や愛護の若の悲嘆が強調されるあまり、亡くなった実母は物静かで優しい理想的な女性であったと思われがちですが、観世音菩薩に関する軽口をみる限り、存外、何処にでもいる、しゃべり好きのオバチャンだったのかも知れません。

(4) 墜ちていく物語

しんとく丸の人生の軌跡は、コップの断面に似ています。

継母の呪いのせいで、盲者にして業病者となり、家をおわれます。一瞬にしてすべてを失い、ストンと垂直に底まで墜ちる。そのあとは、絶望と困窮にまみれながら、漂泊と物乞いの日々。鍋底を這うような生活が続きます。やがて力尽き、命も失《う》せんとした時、恋人乙姫の献身的な愛が観世音菩薩の霊力を呼び起こして一気に運命の壁を駆け上がり、再び幸福な生活を手にします。

つまり、「①降下→②匍匐《ほふく》→③浮上」の三幕の物語だとも評せます。無論、しんとく丸への同情は万人の共有するところです。

①は継母の呪い、憎悪によってもたらされます。

ただ、継子ではなく実子を一族の惣領にしたいという継母の情もわからぬでもありません。

②は、しんとく丸が生まれて初めて味わう地獄でした。業病という肉体的な苦痛よりも、人々の差別・嘲笑という精神的な拷問が彼を責め苛《さいな》みます。

そして、③の劇的な展開。このプロセスが乙姫という生身の女性の介在なしには成立しなかったところに、旧来の観世音菩薩霊験譚にはない『しんとく丸』の新しさがありました。

これに対して、『愛護の若』は、ひたすら墜ちていく物語だと言えるでしょう。いくつかの踊り場のある、長い長い下降線を彼はズンズンと下って行くほかなかったのです。

図式的に書けば、

①急降下→②踊り場1→③落下→④踊り場2→
⑤落下→⑥踊り場3→⑦落下→⑧踊り場4→⑨落下→⑩破局

となります。

①の原因も継母の憎悪です。

ただし、『しんとく丸』のケースと違うのは、この憎悪が邪恋（後に詳述）の裏返しであること。親子愛の延長ではなく、男女愛のこじれが主因です。これがもとで、愛護の若は追放されます。

御曹司には辛い出来事だったでしょうが、盲目・業病の身で四天王寺に遺棄されたしんとく丸に比べれば、貧窮に苦しむだけの愛護の若は、まだマシな方ではないでしょうか。

②は賤民細工夫婦との出会いです。彼らの粗末ながらも精一杯の饗応を受け、愛護の若は小康を得ます。

しかし、それも束の間。すぐに彼らとの別離（③）がやって来ます。叡山による「細工禁制」の高札です。細工人たちは、身分制社会において賤民、下層民として差別されていました。その厳しい社会的な現実が別離を強いたのです。愛護の若はやむなく独りで叡山西塔北谷まで赴き、伯父の阿闍梨を訪ねます（④）。

この邂逅こそほんの一瞬で終わりました。天狗の変化《へんげ》と誤認され、法師たちに袋叩きにされます。出家して亡母の菩提を弔う願いも虚しく、愛護の若は山野を彷徨《さまよ》う羽目になります（⑤）。

⑥は、行きずりの田畑介兄弟の厚情です。食べ物を恵んでもらった愛護の若は彼らに同行して欲しかったのですが、彼らは万雑公事で上京の途上。愛護の若は泣く泣く彼らと別れます（⑦）。

ここでも、政治権力による徴税という極めて世俗的な要因が愛護の若をさらに苦境へと追いやるのです。

⑧は一個の桃。漂泊の愛護の若には、天上の霊果を思わせる美味だったことでしょう。が、至福の時も一瞬で終わり。姥に違例者の杖で打ちすえられる屈辱を味わいます（⑨）。元はれっきとした二条蔵人清衡の若君といっても、姥の目からすれば、庭の桃の木を荒らす盗人。しかも、長らく山野を彷徨して髪も着物も薄汚かったでしょうから、姥の振る舞いも無理からぬことです。

こうして心身共に傷つき、疲れ果てた愛護の若は、とうとうきりうが滝へ身を躍らせて破局を迎えました（⑩）。

じつに異様な物語です。

愛護の若に救いはありません。彼の身には何の奇蹟も起こりませんでした。ただ墜ちていく、ひたすら破局へと進む愛護の若。

身投げしても彼の悲劇は終わりません。

あまつさえ、死してのち、妄執の末に大蛇と化した継母に水底で犯された節《ふし》さえあります。それが証拠に、滝に出現した大蛇は「つひには一念遂げてあり」と大音声《だいおんじょう》をあげて、愛護の若の死骸を護摩壇に置いているではありませんか。「どうも、ごちそうさん」と言わんばかりです。

しかも、その大蛇は観世音の功力《くりき》で滅ぼされるでもなく、水底へ消えていきます。『しんとく丸』ではかろうじて維持されていた中世的な説経節の世界は、『愛護の若』ではもはや著しく破綻しています。

主人公を襲うのは、宗教的な試練ではなく、現実的な苦難ばかりです。身分制社会の差別の論理、宗教者のひとりよがりの誤認、徴税で余裕を失った庶民の保身……。

また、何より、雲居の前という女性の造型を忘れてはいけません。情欲にかられて継子に言い寄る継母。想いが遂げられないとみるや、一転して継子を罠にはめる愛憎の闇。死後も清姫よろしく大蛇に変じて、すでに死んでいる愛護の若を我がものにする妄執の深さ。

神仏による救済もなく、勧善懲悪の図式も成立せず、みなが互いに憎しみあい傷つけあう人間模様は、皮肉なことに、脚色のない日常生活そのものの姿であったのです。

中世から近世にかけて、説経節の世界はとうとう現実社会に追いつかれたのでした。否、部分的には追い越されたというべきでしょう。

⑸ 継母の邪恋

一口に「継子いじめ」と言いますが、いじめる側は継父か継母、いじめられる側は男児か女児ですから、理論的には四つのパターンが考えられます。

ところが不思議なことに、物語やお芝居に登場するいじめ役はたいていは継母です。

したがって、継子いじめの大半は、「継母による男児いじめ」か「継母による女児いじめ」のどちらかに分類されます。

後者の典型例としては、すでに『住吉物語』をご紹介しました。前者の好例が『しんとく丸』です。

なぜ、しんとく丸はいじめられたのか。

容姿が醜かったから？　そうではありません。彼は、四天王寺の稚児舞に出仕して人々を賛嘆させるほどの美貌の持ち主でした。

彼がある意味、不幸だったのは、継母が嫁いできてしばらくして、実子を出産したことです。

継母の実子を惣領の座に就けるためには、継子のしんとく丸が邪魔になったことです。実子への強い母性愛が、継子たるしんとく丸へは鋭い刃となって襲いかかったのでした。母は強し。修羅と化した彼女の想いがとうとう清水の観世音菩薩をも動かし、しんとく丸は両眼潰れた違例者と化したのでした。

では、愛護の若の場合は？

愛護の若の不幸は、ひとつには、継母の雲居の前に実子がなかったこと、いまひとつは、彼がしんとく丸と同じく、美童であったことです。雲居の前の目には、愛護の若は邪魔者の継子ではなく、年若く美しい最愛の恋人と映ったのでした。

雲居の前を衝き動かしたのは継子への恋慕。道ならぬ恋と知りながら、いやむしろその禁忌のゆえに、愛護の若への想いを募らせます。

愛護の若は無論、この邪恋をはねつけますが、彼の潔癖さと峻拒が却って命取りになります。拒まれた雲居の前は、可愛さあまって憎さ百倍、復讐と妄執の鬼と化して愛護の若を罠にはめ、ために愛護の若は破滅への道をたどることになります。

こうした「言い寄る継母→はねつける継子→継母の悪計→継子の受難」という筋書きは古来、多くの文芸作品や演劇などに用いられています。

たとえば、『今昔物語集』巻四第四をみてみましょう。

天竺に阿育王《あいくおう》という大王がおり、彼の息子には美貌の太子がいました。

継母は太子に懸想しますが拒否され、くやしさのあまり、「私は太子に言い寄られた」と讒訴

します。

しかし、大王は真実とは考えず、却って太子の身を案じ、継母から離れる方便として、遠方の所領の統治を命じて、現地へ旅立たせます。

おさまらないのが継母。大王を泥酔させ、その隙に「太子の両眼をえぐり出して、国外へ追放せよ」との宣旨《せんじ》を偽造して使者を送りこみます。

宣旨をうけた太子はやむなく命令通り、自分の両眼をえぐり出させました。

その後は妻に手を引かれて流浪の日々。知らぬ間に大王の王宮にたどり着き、象舎にもぐりこみました。

ある夜、太子が慰みに奏でた琴の音がきっかけとなり、大王と感激の再会を果たしますが、失った両眼はどうにもなりません。

大王が、ある寺の羅漢に相談すると、人々が仏法を聴聞して流す感涙を集めて太子の目を洗えとの言葉。

言われた通りにすると、太子の両眼は元通りになったといいます。

継母の懸想に端を発した物語であるのはもちろんのこと、またしても、目という部位が問題になっていることにも注目して下さい。

アポロドーロス著『ギリシア神話』摘要第一章にも、類話が収められています。


アテナイ王テセウスの後妻パイドラーは、継子のヒッポリュトスに言い寄りますが、はねつけられます。

テセウスに邪恋が露見するのを恐れた彼女は、ヒッポリュトスに乱暴されたと讒訴。

聴いたテセウスは、激怒して息子を呪詛し、ためにヒッポリュトスは海辺を馬にひかれた戦車で疾走中、海神ポセイドンの放った牡牛に襲われ、馬の手綱に絡まり引き摺られて命を落とします。

パイドラーは自ら縊死《いし》します。


ギリシアの悲劇作家エウリピデス（紀元前四八〇年～四〇六年）の名作『ヒッポリュトス』はこの伝説に基づいて作劇されたものです。

また、フランスの悲劇作家ラシーヌ（一六三九～一六九九年）の代表作『フェードル』も同じ系譜に属します。

この種のモチーフは映画にも仕立てられています。

一九六二年のアメリカ映画『死んでもいい』（ジュールス・ダッシン監督）です。梗概は以下の通りです。

ギリシアの海運業者タノスはフェードラと再婚します。継子アレキシスを一目見たフェードラは恋に落ち、アレキシスに猛烈にアタック。アレキシスもフェードラの魅力に抗しきれず、禁断の一夜を過ごします。

そうとは知らないタノスは、義兄の娘エルシーとアレキシスの政略結婚を画策。フェードラは嫉妬に狂います。

耐えきれなくなったフェードラはとうとうタノスに真相を告白して去り、睡眠薬を飲んで自殺。一方、タノスに殴打されたアレキシスはスポーツカーで疾走中、ハンドル操作を誤り、断崖から転落します。

悲劇の女性フェードラに扮したのは、ギリシアの名女優メリナ・メルクーリ。晩年はギリシアの文化大臣も務めました。アレキシス役は、映画『サイコ』（一九六〇年）（ヒッチコック監督）でおなじみのアンソニー・パーキンスです。

ちなみに、継母が継子をいじめるのではなく、逆に継子が継母をいじめるという例もあるので、挙げておきましょう。

榎本万左衛門の後妻はよく出来た女で、先妻の子である万太郎を実子のように慈しみますが、性根のひねくれた万太郎は日頃の恩を忘れ、継母を追い出そうと画策、父親に「継母に言い寄られて難儀している」と讒言します。

継母は離縁され、やむなく出家します。

悪人の万太郎は、その後、上方への旅の途上、雷にうたれてその姿がかき消すようになくなってしまいました。

(『本朝二十不孝』(巻四第三) 井原西鶴作)

当時の俗信では、悪人が天罰で雷にうたれると、その死骸は雷が運び去ってしまい、跡形も残らないとされていました。恩人の継母を無実の罪に陥れた万太郎は、当然の報いを受けたというわけ。

天網恢々疎にして洩らさず、と安堵したいのはやまやまなのですが、思えば『愛護の若』では、すっきり勧善懲悪とはいかない。というのも、雲居の前の変じた大蛇は雷に襲われることもなくきりうが滝の水底へ消えて行ったからです。どうも後味の悪い結末です。

5　芸能にみるしんとく丸

さて、ここまでは、「四天王寺」「日想観」「貴種流離」「継子いじめ」など、しんとく丸の世界の重要な構成要素について触れ、『愛護の若』を手掛かりに「継母の邪恋」という要素についてもみてきました。

これらの検討を踏まえ、芸能におけるしんとく丸（俊徳丸・身毒丸）の姿を追ってみたいと思います。

⑴ 能『弱法師《よろぼし》』の達観

まずは、謡曲に登場する俊徳丸をみてみましょう。

河内国高安《たかやす》の左衛門尉通俊《さえもんのじょうみちとし》は、さる者の**讒言を信じて息子の俊徳丸を追放しました**。が、**我が子のことゆえ**、やはり**不憫でならず**、せめて二世安楽のために、と天王寺へ**赴き**、**七**

日間の施行をおこなっています。

そこへ、通俊を父とは知らない俊徳丸が、弱法師とあだ名される盲目の乞食《こつじき》の身で現れ、施行を受けます。

おりしも彼岸の中日とあって、あたりには梅の香が漂い、弱法師の袖には梅の花弁が散りかかります。

天王寺の縁起を舞い語る弱法師の姿を見て、通俊は息子俊徳丸だと気づきますが、人目が憚られて名のることが出来ません。

やがて、日没がちかづくと、俊徳丸は通俊に促されて夕陽の方角を向いて、日想観を修します。晴眼のおりに目にした難波の浦の景色をいまや心眼でとらまえ、「満目青山《ばんぼくせいざん》は心にあり」と喝破する俊徳丸でしたが、通行人に行き当たられて現実に引き戻されたりします。

夜が更けて、あたりの人影が失せてから、通俊は素性を明かし、身を恥じる俊徳丸を連れて高安へ帰ります。

説経節『しんとく丸』と同材を扱いながら、能『弱法師』には大胆な削ぎ落としがみられます。追放の原因となった讒言の内容が不明です。実母や継子いじめに勤《いそ》しむ継母は登場しません。流浪の辛苦が綴られるでもなく、盲目になった理由もただ「思ひの涙かき曇り」としか語られません。乙姫のような救世主も登場しません。

物語の主眼は、俊徳丸という少年の心境にあります。

盲目・流離の身にありながら、袖に落ちかかる梅の花を愛でる心は失わない。なんという清澄な境地でしょうか。悲嘆に暮れてウジウジと引声堂の縁の下に引きこもった説経節『しんとく丸』の主人公とは雲泥の差です。

さらに、日想観を修して心眼を得る高貴さにも胸をうたれます。説経節『しんとく丸』に登場するしんとく丸は、近隣の村落での物乞いに汲々としていただけなのに。

夕日を浴びて立ちつくす俊徳丸の心中に去来するものは、境涯への悲嘆でも父への恨み節でもなく、かつて目にした難波津の美しい風景と、それに連なる浄土への想いでした。

彼の達観ぶりは、能面『弱法師』や屏風絵『弱法師』（下村観山筆・大正四（一九一五）年作・東京国立博物館蔵）に見事に造型化されています。

それにしても、奇異な印象を拭えないのが、通俊の言動。時は彼岸の中日、ところは天王寺の境内、と至れりつくせりの設定で息子と邂逅したのに、感極まった風情がまったくありません。そればかりか、周囲の目ばかり気にして、余人が立ち去った夜になって、ようやく俊徳丸に素性を明かす体《てい》たらく。讒言に基づく息子の追放も、こうした小心と偏狭のゆえだったのでしょう。父親の蔭の薄さが、俊徳丸の貴族性を一層ひきたてています。

ちなみに、世阿弥直筆本の臨写本では、俊徳丸は妻を従えて登場します。ところが、観世十郎元雅の手になる現行曲はその妻の設定を省き、俊徳丸を独り泰然と天王寺に佇ませています。俊徳丸の到達した清明な境地に観客の意識を集中させる巧みな作劇です。

余談ですが、能『弱法師』に魅せられた小説家に、三島由紀夫がいます。彼には、弱法師に触発された（と思われる）複数の作品がありますので、参考までにご紹介します。

まずは、『近代能楽集』に収められた『弱法師』から。

晩夏の午後から日没にいたる数時間のあいだ、家庭裁判所の一室で、盲目の俊徳《としのり》少年、養父母の川島夫妻、実父母の高安夫妻、調停委員の桜間級子《しなこ》が繰り広げる人間劇です。

身勝手な言い分で俊徳少年を激昂させた四人の大人たちは、級子に促されて退室します。窓からさしこむ夕光の中にたちすくむ俊徳少年は、級子に述懐します。

僕はたしかにこの世のおわりを見た。五つのとき、戦争の最後の年、僕の目を炎で灼いたその最後の炎までも見た。それ以来、いつも僕の目の前には、この世のおわりの焔《ほのお》が燃えさかっているんです。（……中略……）

どこにも次々と火が迫《せ》り上っていた。火が迫り上っているじゃないか。見えないの？

桜間さん、あれが見えない？（部屋の中央へ走り出す）

どこもかしこも火だ。（……中略……）
もうだめだ、火が！　僕の目の中へ飛び込んだ……。

倒れ伏す俊徳少年を抱き起こした級子は、この世のおわりの幻想を見なかったと敢えて言い張り、それぱかりか俊徳少年に恋を告白します。ここの二人のやり取りが美しい。

級子　でも私はここにいますよ。
俊徳　なぜ
級子　……あなたが、少し、好きになったから。
俊徳　（一間《ま》）君は僕から奪おうとしているんだね。この世のおわりの景色を。
級子　そうですわ。それが私の役目です。
俊徳　それがなくては僕が生きて行けない。それを承知で奪おうとするんだね。
級子　ええ。
俊徳　死んでもいいんだね、僕が。
級子　（微笑する）あなたはもう死んでいたんです。

俊徳を狂乱させるこの世のおわりの景色を言下に破壊する級子の強さ。精神的にはすでに死んでいた男を愛の力で包み込み、蘇生させる女。級子の姿は、『しんとく丸』の乙姫と重なります。また、級子に出会うまで、悟りきれずに苦悶するだけだった俊徳少年は、『しんとく丸』の主人公さながら。能『弱法師』の俊徳丸が至り着いた境地とは無縁の存在でした。

他方、『金閣寺』にも、能『弱法師』の影響がみられます。

学僧溝口の目には、いまから自分が放火しようとする金閣寺はこう映ったと記されています。

「思い出の力で、美の細部はひとつひとつ闇の中からきらめき出し、きらめきは伝播して、ついには昼とも夜ともつかぬふしぎな時の光りの下《もと》に、金閣は徐々にはっきりと目に見えるものになった。

これほど完全に精緻な姿で、金閣がその隅々まできらめいて、私の眼前に立ち現れたことはない。私は盲人の視力をわがものにしたかのようだ」

「金閣はなお耀《かがや》いていた。あの「弱法師」の俊徳丸が見た日想観《じっそうかん》の景色のように」

この後、金閣寺は紅蓮の焔に包まれるわけですが、左大文字山の頂上まで逃げた溝口の目には、燃える金閣寺は直接は見えず、「渦巻いている煙と、天に冲《ちゅう》している火が見えるだけである。木《こ》の間《ま》をおびただしい火の粉が飛び、金閣の空は金砂子《きんすなご》を撒いたようで」ありました。三島の頭の中では、世界の終焉とは、難波津に沈む夕陽のような紅《くれない》、焔のイメージだったようです。

続いて、『豊饒《ほうじょう》の海（二）奔馬《ほんば》』をみてみましょう。

腐敗・疲弊した昭和の政治・社会を改革のため決起しようとした飯沼勲は、密告によって追いつめられ、自害を決意します。

『日の出には遠い。それまで待つことはできない。昇る日輪はなく、けだかい松の樹蔭もなく、かがやく海もない』と勲は思った。

勲は深く呼吸をして、左手で腹を撫でると、瞑目して、右手の小刀の刃先をそこへ押しあて、左手の指さきで位置を定め、右腕に力をこめて突っ込んだ。正に刀を腹へ突き立てた瞬間、日輪は瞼の裏に赫奕《かくやく》と昇った。

日想観の夕陽にも連なる日輪が、勲の最期の心象風景を赤々と彩っています。三島自身の最期も考えあわせると感慨深いものがあります。彼は俊徳丸のような境地で死に臨んだのでしょうか。彼の瞼の裏には、果たして日輪が昇ったのでしょうか。

なお、中上健次の短編『欣求《ごんぐ》』には、文字通り弱法師と呼ぶほかない、哀れな巡礼が登場します。弱法師という同材に着想を得ながら、文学者の感性の違いで、三島と中上とここまでアウトプットが異なるのかという典型です。一読をお勧めします。

(2) 落語『ながたん息子』の滋味

本作は桂米朝の師・四代目桂米團治のこしらえた噺で、能『弱法師』で描かれた世界が色濃く反映されています。

オヤジが内気で無口な息子に言いつけて、近所の包丁屋で裁包丁《たちほうちょう》（店の包み紙を断つのに使う）を誂えさせたはずが、出来上がってきたのは、菜切り包丁、すなわち菜包丁《ながたん》。気が弱くて物言わずも大概にせえと、こっぴどく叱りつけると、息子は家を出てしまいます。両親はさんざん探し回りますが、息子は行き方知れず。死んだものとあきらめて、寂しく二人で暮らします。

数年経った彼岸の中日。老夫婦が息子の供養にと天王寺へ詣でます。喜捨を求めて群がる乞食たちの背後に、無言で座っているだけの変わった乞食がひとり。よく見れば、驚いたことに、行方不明の息子です。

気づいた母が声をかけようとしますが、父は制止します。

いまひきとっても、年老いた自分たちが先に世を去るのは必定。そうなったらあの子は生きる術《すべ》がない。

それならば、いっそ心を鬼にして、このままにしておこう。

いまのままならアイツもなんとか自分で生きていきおる。

その方がアイツのためや。

老夫婦は涙ながらに立ち去ろうとしますが、やはり息子が哀れ。

素性を明かさないまま息子へ近づき、施しをして、

「さあ、何か言いなはれ」と促すと、息子は地面に頭をつけて、

「ながたん誂えまして（ながなが患いまして）難渋致して居ります」


笑いの要素の少ない、むしろじんわり泣けてくる噺なので、ながらく高座にはかかっていないようです。

天王寺の境内の喧噪、物乞いの描写、名のりをあげずに立ち去る老夫婦の辛い心情、悲惨な境遇にありながらどこか超然とした息子の佇まいなど、演者には相当の手練が要求されますが、それだけ演《や》り甲斐がある作品であるとも評せます。隠れた名作に果敢に挑む噺家が、もっと増えて

欲しいです。

(3) 音楽劇『身毒丸』の怪演

寺山修司・岸田理生作の『身毒丸』は、演出に蜷川幸雄、主演の身毒丸に武田真治、再演では藤原竜也を迎えて上演され、大きな話題を呼びました。

身毒丸の**父親**は**妻**を**喪**い、**母**を**売る店**で**撫子**《なでしこ》という**女性**を**買**って、**身毒丸**に**継母**としてあてがいます。

実母への**想**いから**最初**は**撫子**を**激**しく**拒絶**した**身毒丸**ですが、やがてふたりは、いけないことは**分**かりながら**惹**かれはじめます。

とはいえ、**身毒丸**は**実母**への**想**いを**完全**には**捨**てきれず、**時**として**撫子**に**辛**くあたります。

愛憎で**心乱**れた**撫子**は、**身毒丸**の**両眼**を**呪**いで**潰**し、**家**から**放逐**します。

身毒丸は**復讐**のために**撫子**の**連**れ**子**のせんさくを**殺害**、いまや**家族**という**幻想**は**崩壊**して、**撫子**と**身毒丸**はようやくひとりの**女**と**男**として**対峙**できるようになりました。**家**も**失**い、**名**も**失**った**二人**は**連**れだって**町**の**雑踏**へと**姿**をくらまします。

身毒丸の境遇には、説経節『しんとく丸』と『愛護の若』のふたつの世界がないまぜになっています。

継母の呪いで両眼を潰される悲劇、彷徨と受難の日々、継母との邪恋、継母の連れ子との確執、そして絶対的父性の欠如。

上演当時、身毒丸役の武田・藤原の美貌と体当たりの演技ばかりが喧伝されたのですが、本作が演劇関係の賞を総ナメに出来た原動力は、撫子役の白石加代子の怪演にあったのではないでしょうか。

亡くなった実母に対して、継母としてではなく女として嫉妬する撫子が、恋しい身毒丸の記憶から実母を追い出そうと懊悩し、徐々に狂っていく様には、慄然とさせられました。

思い通りにならない身毒丸を憎み呪い、しかしついにはその憎悪ごと彼を愛して呑み込む撫子の宇宙を、白石は十二分に演じきって観客を圧倒したのです。

それにつけても、女は強し。

三島の『弱法師』の級子と同じく、撫子も恋人を懐胎する小宇宙なのでした。

なお、同じく「身毒丸」という名を持つ主人公が、継母との愛という近親相姦的な闇ではなく、同性愛の霧の中でのたうつ異色作に、小説『身毒丸』（折口信夫著）があります。

（4）文楽・歌舞伎『摂州合邦辻《せっしゅうがっぽうがつじ》』のどんでん返し

説経節『しんとく丸』、能『弱法師』などの先行作品の趣向に、説経節『愛護の若』の構成要素も加えて作劇されたのが本作です（その意味では、前出の音楽劇『身毒丸』は本作の系譜に属するといえます）。

作者は菅専助と若竹笛躬《ふえみ》、人形浄瑠璃での初演は安永二（一七七三）年です。

以下では、「合邦庵室《がっぽうあんじつ》の場」を中心にご紹介します。

河内国の城主高安通俊《みちとし》に仕えていた腰元のお辻は寵愛を受け、正妻が亡くなると、後妻に迎えられ玉手御前《たまてごぜん》と呼ばれていました。

通俊には二人の息子がおり、妾腹《めかけばら》の子が次郎丸、正妻の子が俊徳丸です。年長でありながら妾腹であるというだけで家督を継げない次郎丸は、俊徳丸暗殺を画策します。美貌の俊徳丸に懸想する玉手御前は、住吉神社に参詣の折、同道の俊徳丸に神酒を呑ませますが、これが毒酒。

俊徳丸は両眼潰れ、面相が醜く崩れて業病者となり、恋人の淺香姫《あさかひめ》とともに、天王寺傍の合邦夫婦のもとに身を寄せます。

合邦夫婦はじつは玉手御前の両親。

継子に道ならぬ恋を仕掛ける娘はとうに成敗されただろうと供養しているところへ、当の本人が戻ってきます。

両親の意見も耳に入れず、淺香姫から無理矢理俊徳丸を奪おうとするので合邦はやむなく娘の腹に刀を突き立てます。

ここに及んで初めて、玉手御前は本心を明かします。

次郎丸の陰謀から俊徳丸を救うため、わざと邪恋を仕掛け、毒酒を呑ませて屋敷から立ち退かせたこと、自分の肝臓の生き血を呑ませたら、俊徳丸の病いは本復すること。

こう言い残して、みなが悲嘆の涙にくれるなか、玉手御前は息をひきとります。

玉手御前は女形屈指の大役。七世尾上梅幸や六世中村歌右衛門の名演が記憶に新しいところです。

腹に刀を突き立てられて手負いになってからの玉手御前の述懐が見せ場。オペラを観て、「背中にナイフを刺された女が即死せず、二十分も朗々とアリアを歌ってから倒れるのはおかしい」

と怒り出す御仁が時々居られますが、そんな石頭にはこの芝居も見せられません。玉手御前の語ること、語ること。合邦の絶妙の合いの手に導かれて、胸中を綿々と吐露します。

それまで「義理の息子に言い寄るなんて言語道断」と玉手御前を敵視していた観客は、彼女の深謀に思い到り、一転して深い同情を寄せます。

ただ、以前から議論百出なのが、俊徳丸に対する玉手御前の懸想は本当に偽装だったのかという点。

「最初は悪人の目を欺くための芝居であったろうが、淺香姫という若いライバルを得て、いつしか本物の恋に変わっていったに違いない」と勘ぐる人もいれば、「自分の生き肝を提供する覚悟まで出来ていた烈女・玉手御前に限って、邪恋に陥ることはなかったはず」と言い張る人もいます。

観る者のそうした評価の揺れを踏まえたうえで、玉手御前という役を演じないといけないわけですから、役者からすると大変な難役です。

玉手御前。『愛護の若』の継母と『しんとく丸』の乙姫を兼ねたような、このユニークな女性像を造型出来た時点で、本作の名声は約束されたと思われます。

ところで、肝臓の生き血の提供者はどうして玉手御前でなければならなかったのでしょうか。一命にかえて俊徳丸を救いたいという気持ちは、恋人淺香姫も同じだったはずです。

にもかかわらず、なぜ玉手御前が？

その答えは、毒薬を調合した典薬法眼《てんやくほうげん》の言葉にあります。彼曰く、寅の年寅の月寅の日寅の刻に誕生した女の肝の臓の生き血でないと効き目がないのです。

そして、その条件に合致したのが玉手御前だったのです。

お芝居にありがちな安直な設定と笑うのはたやすいのですが、年月揃った女の生き肝に霊力ありとする民間信仰の存在を忘れてはいけません。

そうした俗信の例が、落語『肝つぶし』です。

恩人の息子が夢の中に出て来た女に懸想して瀕死の患い。

これを救うには、年月揃った女の生き肝を煎じて飲ませるしかないと医者がいいます。

男は、報恩のために年月揃った生まれの妹お花を犠牲にしようと決意し、寝入った妹に忍び寄り、涙ながらに包丁を振り上げます。

頬を伝った涙がポタリと妹の顔に落ちかかり、妹がふと目を覚ますと、兄が包丁を振り上げて立っているではありませんか。

「ぎゃっ」

と叫んで起きあがり、

「兄さん、何をするの」

と聞くと、兄は
「いや、ちょっと芝居の稽古をしてたんや」
と取り繕います。
「なんや、芝居の稽古かいな。もう、ワタシ、肝つぶしたやんか」
と妹が言うと、聞いた兄が、
「そら、アカン。肝がつぶれてしもたら、もう薬にならんがな」

思えば、両眼の光を失い、一旦は人間社会の深い闇に落ちこんだしんとく丸。その彼を深い闇から救い出し、光の世界への帰還をもたらしてくれたのは、乙姫という稀有な女性の愛の力でした。玉手御前の如く生き肝を供することこそしませんでしたが、乙姫の無償の愛がしんとく丸を開眼させたのです。

光から闇、そして再び光へ。

しんとく丸の魂の道行《みちゆき》は、近松門左衛門のそれとは異なり、現世での幸福に行き着きます。

善哉善哉。

6　生き続けるしんとく丸

ここまで、しんとく丸の栄光と悲惨の生涯を縷々述べてきました。幾世紀もの間、日本の精神世界・文藝世界・芸能世界にこれだけの大胆な飛翔と変容の足跡を残してきた伝承人物も珍しいのではないでしょうか。

古典芸能は勿論、現代の文学や芸能作品の随所にしんとく丸の分身や残像を見つけることが出来るでしょう。

母とは何か。愛とは何か。心の目で何を見るか。説経節の残した問いかけにあなたはどう答えますか。

あとがき

日本の文芸の宇宙には、陰陽師・安倍晴明、学問の神様・菅原道真、悪鬼退治の渡辺綱、和歌の名手・小野小町、悲劇の美少年・しんとく丸という巨大な五連星が輝く。

「上方文化評論家を名乗るからには、この妖星たちについて語らねばならぬ」と、かねてから妙な使命感に駆られた筆者は、『鬼・雷神・陰陽師』（ＰＨＰ研究所）で晴明・道真・綱を、『小野小町は舞う』（東方出版）で小町を扱った。

そして、最後の一人であるしんとく丸を物語ったのが、本書だ。

積年の宿題をこうしてまがりなりにも果たすことが出来て、双肩が少し軽くなった。

それもこれも、本書の出版をご決断下さった有限会社 批評社の皆さんのお蔭である。記して謝意を表したい。

上方文化評論家　福井栄一　拝

〈福井栄一　著作一覧〉

『しんとく丸の栄光と悲惨　上方文化の源流を訪ねて』（批評社、'21.10）
『解體珍書　カラダのフシギなモノガタリ』（工作舎、'21.10）
『十二支妖異譚　神様になれなかった動物たち』（工作舎、'20.11）
『名作古典にでてくる　どうぶつの不思議なむかしばなし』（汐文社、'20.08）
『名作古典にでてくる　とりの不思議なむかしばなし』（汐文社、'20.08）
『名作古典にでてくる　さかなの不思議なむかしばなし』（汐文社、'20.07）
『現代語訳 近江の説話』（サンライズ出版、'20.04）
『説話と奇談でめぐる奈良』（朱鷺書房、'19.02）
『犬と猫はどうして仲が悪いのか』（技報堂出版、'17.12）
『卵より先のニワトリばなし』（技報堂出版、'16.12）
『おさるの大合戦　炎の十番勝負』（技報堂出版、'15.12）
『羊が一匹、羊が二匹　ぐっすり眠れる羊のはなし』（技報堂出版、'14.12）
『馬耳東風では済まないはなし』（技報堂出版、'13.12）
『説話をつれて京都古典漫歩』（京都書房、'13.07）
『増補版 上方学　おいでやす、日本の美と文化の宝庫』（朝日新聞出版、'12.12）
『蛇と女と鐘』（技報堂出版、'12.12）
『龍の100の物語　あなたは龍を見たか』（技報堂出版、'11.12）
『おはなしで身につく四字熟語』（毎日新聞社、'11.10）
『かわいいだけがウサギじゃない』（技報堂出版、'10.11）
『子どもが夢中になる「ことわざ」のお話１００』（PHP研究所、'10.07）
『虎の目にも涙　44人の虎ばなし』（技報堂出版、'09.11）
『古典とあそぼう　こしもぬけちゃうびっくりばなし』（子どもの未来社、'09.03）
『古典とあそぼう　せなかもぞくぞくこわいはなし』（子どもの未来社、'09.03）
『古典とあそぼう　おなかもよじれるおもしろばなし』（子どもの未来社、'09.02）
『悟りの牛の見つけかた　十牛図に見る関東と関西』（技報堂出版、'08.12）
『飛んで火に入ることわざばなし』（日本教育研究センター、'08.05）
『おもしろ日本古典ばなし115』（子どもの未来社、'08.02）
『大山鳴動してネズミ100匹　要チュー意動物の博物誌』（技報堂出版、'07.12）
『にんげん百物語　誰も知らないからだの不思議』（技報堂出版、'07.09）
『イノシシは転ばない　「猪突猛進」の文化史』（技報堂出版、'06.12）
『子どもが喜ぶことわざのお話』（PHP研究所、'06.03）
『大阪人の「うまいこと言う」技術』（PHP研究所、'05.08）
『小野小町は舞う　古典文学・芸能に遊ぶ妖蝶』（東方出版、'05.08）
『ぼくいちびり　上方写真帖』（プラネットジアース、'05.06）
『鬼・雷神・陰陽師　古典芸能でよみとく闇の世界』（PHP研究所、'04.04）
『上方学　知ってはりますか、上方の歴史とパワー』（PHP研究所、'03.01）

〈DVD監修&出演〉
『でんねん～試験にでる？　大阪弁・ちゃうちゃう編』（ポニーキャニオン、'07.04）
『でんねん～試験にでる？　大阪弁・ぼちぼち編』（ポニーキャニオン、'07.05）

著者略歴

福井栄一（ふくい・えいいち）

大阪府吹田市出身。京都大学法学部卒。京都大学大学院法学研究科修了。法学修士。

上方文化評論家。四條畷学園大学看護学部客員教授。京都ノートルダム女子大学国際言語文化学部非常勤講師。関西大学社会学部非常勤講師。朝日関西スクエア会員・大阪京大クラブ会員。

上方の歴史文化や芸能に関する評論を手がけ、国内外の各地で講演やテレビ・ラジオ出演などを精力的におこない、その独特の「福井節」が人気を博している。また、上方舞・地歌・落語公演の企画・制作も手がけるなど、上方文化の新しい語り部、上方ルネサンスの仕掛人として注目を集めている。剣道二段。

http://www7a.biglobe.ne.jp/~getsuei99/

しんとく丸の栄光と悲惨

上方文化の源流を訪ねて——業縁と輪廻の世界

2021年10月25日　初版第1刷発行

著　者……福井栄一

装　幀……臼井新太郎

装　画……洵

発行所……批評社

〒113-0033　東京都文京区本郷1-28-36　鳳明ビル201
電話……03-3813-6344／FAX……03-3813-8990
郵便振替……00180-2-84363
e-mail:book@hihyosya.co.jp／http://hihyosya.co.jp

印刷・製本……モリモト印刷（株）

乱丁本・落丁本は小社宛お送り下さい。
送料小社負担にて、至急お取り替えいたします。

ISBN978-4-8265-0724-0 C1015